MICHEL TREMBLAY

Michel Tremblay est né à Montréal en 1942, sur le Plateau Mont-Royal. Après ses études secondaires, il exerce divers métiers. Sa carrière littéraire débute en 1964 avec *Le train*, premier prix au Concours des Jeunes Auteurs de Radio-Canada. Et avec *Les belles-sœurs*, en 1968, il reçoit la consécration. Boursier du Conseil des Arts du Canada, il se rend au Mexique où il écrit *La cité dans l'œuf*. Suivront plusieurs succès au théâtre dont *La Duchesse de Langeais* et *À toi pour toujours, ta Marie-Lou*. Il traduit et adapte aussi plusieurs grandes pièces : *L'effet des rayons gamma sur les vieux-garçons*, *Mademoiselle Marguerite*, etc. En 1978, il entreprend la publication de ses «Chroniques du Plateau Mont-Royal». Le Prix Athanase-David lui est attribué, en 1988, pour l'ensemble de son œuvre.

CONTES POUR BUVEURS ATTARDÉS

Michel Tremblay n'avait pas encore vingt ans lorsqu'il a écrit les contes qui composent ce recueil et qui allaient être publiés quelques années plus tard, en 1966, aux célèbres Éditions du Jour. Mais, comme le signale Tremblay lui-même dans son avant-propos, on peut déjà déceler dans ces premiers textes certains des thèmes qui reviendront dans ses pièces ou ses romans : l'homosexualité dans «Angus ou la lune vampire», l'inceste dans «La dernière sortie de Lady Barbara», la critique sociale dans «Le diable et le champignon», la dérision dans «Monsieur Blink» ou encore dans «Le dé». En lisant ces *Histoires racontées par des fumeurs*, puis ces *Histoires racontées pour des buveurs*, on entre dans l'univers du fantastique auquel reviendra d'ailleurs Michel Tremblay pour donner à la littérature québécoise son premier roman fantastique contemporain, *La cité dans l'œuf*, publié en 1969.

D0939420

CONTES POUR
BUVEURS ATTARDÉS

MICHEL TREMBLAY

Contes pour
buveurs attardés

BIBLIOTHÈQUE QUÉBÉCOISE

BIBLIOTHÈQUE QUÉBÉCOISE est une société d'édition administrée conjointement par les Éditions Fides, les Éditions Hurtubise HMH et Leméac Éditeur. Bibliothèque québécoise remercie le ministère du Patrimoine canadien du soutien qui lui est accordé dans le cadre du Programme d'aide au développement de l'industrie de l'édition. BQ remercie également le Conseil des Arts du Canada et la Société de développement des entreprises culturelles du Québec (SODEC).

Toute adaptation ou utilisation de cette œuvre, en tout ou en partie, par quelque moyen que ce soit, par toute personne ou tout groupe, amateur ou professionnel, est formellement interdite sans l'autorisation écrite de l'auteur ou de son agent autorisé.

Pour toute autorisation, veuillez communiquer avec l'agent autorisé de l'auteur :
John C. Goodwin et ass.,
839, rue Sherbrooke Est, bureau 2,
Montréal (Québec), H2L 1K6

Conception graphique : Gianni Caccia
Typographie et montage : Dürer *et al.* (MONTRÉAL)

Données de catalogage avant publication (CANADA)
Tremblay, Michel 1942-
Contes pour buveurs attardés
Éd. originale : Éditions du Jour, 1966
Publ. à l'origine dans la coll. «Les romanciers du Jour»,
Comprend des réf. bibliogr.
ISBN 2-89406-134-X
I. Titre.
PS8539.R47C6 1996   C843'.54   C96-940726-2
PS9539.R47C6 1996   PQ3919.2.T73C6

Dépôt légal : 3e trimestre 1996
Bibliothèque nationale du Québec
© Leméac Éditeur, 1996
© Bibliothèque québécoise, 1996, pour cette édition

Avant-propos

J'avais entre seize et dix-neuf ans lorsque j'écrivis les *Contes pour buveurs attardés* qui s'intitulaient à l'époque *Contes gothiques*. C'est dire que ces textes virent le jour entre 1958 et 1961. Je fréquentais l'école secondaire Saint-Stanislas, en scientifique spéciale, allez savoir pourquoi, moi qui n'avais aucun talent pour les sciences, puis l'Institut des arts graphiques, aujourd'hui le Cégep Ahuntsic, où je fis l'apprentissage de mon futur métier de linotypiste. Bien sûr, je savais que je n'étais pas fait pour les sciences ni pour l'imprimerie. Je rêvais secrètement de devenir écrivain, j'étais malheureux parce que convaincu que ça ne se produirait jamais, que je finirais mes jours dans les effluves de plomb fondu et d'encre d'imprimerie, probablement atteint de la maladie des linotypistes, le saturnisme. J'écrivais n'importe quoi n'importe où pour me consoler, pour oublier mes problèmes, me réfugiant de plus en plus dans la littérature fantastique, ce cataplasme idéal de tous les inadaptés du monde.

Après avoir découvert Jean Ray dans la collection « Marabout », un merveilleux écrivain belge tombé aujourd'hui dans l'oubli, mais qui connut une période de gloire à la fin des années cinquante et au début des années soixante, je décidai de pondre quelques petits essais de mon cru pour me faire la main, moi aussi, dans le fantastique, ce qui me permettrait de transposer mes pensées et mes sentiments de jeune adulte perturbé dans des contes qui ne porteraient pas à conséquence, du moins c'est ce que je croyais. Ainsi sont nés « Le pendu », « La femme au parapluie », « Le dé », « Angus ou la lune vampire », « Wolfgang à son retour », « Le diable et le champignon », premiers balbutiements d'un tout jeune écrivain qui n'a pas encore trouvé sa voie et qui se réfugie dans l'imaginaire pour oublier l'horreur de son quotidien et l'avenir intolérable qu'il se prépare dans un métier qu'il n'aimera jamais. Après Jean Ray, ce furent bien sûr Poe, Hoffmann, et surtout mon favori, H.P. Lovecraft, qui influencèrent mes écrits.

Ces contes se passent à toutes les époques sauf à la nôtre, et dans tous les pays, sauf le mien, parce que je n'étais pas encore prêt à affronter les choses qui comptaient vraiment pour moi, surtout le fait que j'étais en train de rater ma vie. Je ne croiserais mon chemin de Damas qu'en août 1965, et ça donnerait *Les belles-sœurs*.

Mais si on y regarde de plus près, on peut déceler dans ces premiers textes certains des thèmes qui reviendront plus tard dans mes pièces ou mes romans : l'homosexualité dans « Angus », l'inceste dans « La dernière sortie de Lady Barbara », la critique sociale dans « Le diable et le champignon », la dérision dans « Monsieur Blink » ou encore dans « Le dé ». Sans que je me rende bien compte, je dirais presque à mon corps défendant, ce qui se brassait à l'intérieur de moi trouvait une façon de s'exprimer, même et peut-être surtout à travers ces contes fantastiques où je ne croyais utiliser que mon imagination et pas du tout ce que je vivais au jour le jour, alors que c'est justement en transposant mes problèmes que je réussissais à m'en débarrasser.

En 1966, lorsque Jacques Hébert accepta de les publier aux prestigieuses Éditions du Jour, ces textes étaient donc vieux de quelques années — certains avaient même déjà sept ou huit ans. Mais, comme je tenais à ce que, en principe, chaque conte soit daté — presque quarante ans plus tard, je mets encore une date à tout ce que j'écris —, je décidai de les « rajeunir » un peu pour ne pas avoir l'air, à vingt-quatre ans, d'un écrivain qui publie déjà de vieilles choses. Les années qu'on trouve à la fin de la plupart de ces contes sont donc fausses, mais, qu'on me le pardonne, je suis trop paresseux pour faire les recherches qui me permettraient d'en rajuster la date d'écriture.

Michel Tremblay
1996

CONTES
POUR BUVEURS
ATTARDÉS

À André Brassard
À Guy Bergeron

PREMIÈRE PARTIE

HISTOIRES RACONTÉES PAR DES FUMEURS

1er buveur : Le pendu

Dans mon pays, quand quelqu'un tue son voisin, on le pend. C'est idiot, mais c'est comme ça. C'est dans les lois.

Moi, je suis veilleur de pendus. Quand le pendu est mort, dans la prison où je travaille, on ne le décroche pas tout de suite. Non, on le laisse pendu toute la nuit et moi, le veilleur de pendus, je le veille jusqu'au lever du soleil.

On ne me demande pas de pleurer, mais je pleure quand même.

*
* *

Je sentais bien que ce pendu-là ne serait pas un pendu ordinaire. Au contraire de tous les condamnés que j'avais vus jusque-là, celui-ci ne semblait pas avoir peur. Il ne souriait pas, mais ses yeux ne trahissaient aucune frayeur. Il regardait la potence d'un œil froid, alors que les autres condamnés piquaient presque infailliblement une crise de nerfs en l'apercevant. Oui, je sentais que ce pendu-là ne serait pas un pendu ordinaire.

*
* *

Quand la trappe s'est ouverte et que la corde s'est tendue avec un bruit sec, j'ai senti quelque chose bouger dans mon ventre.

Le pendu ne s'est pas débattu. Tous ceux que j'avais vus avant celui-là se tordaient, se balançaient au bout de leur corde en pliant les genoux, mais lui ne bougeait pas.

Il n'est pas mort tout de suite. On l'entendait qui tentait de respirer... Mais il ne bougeait pas. Il ne bougeait pas du tout. Nous nous regardions, le bourreau, le directeur de la prison et moi, en plissant le front. Cela dura quelques minutes, puis, soudain, le pendu poussa un long hurlement qui me sembla être un immense rire de fou. Le bourreau dit que c'était la fin.

Le pendu frissonna, son corps sembla s'allonger un peu, puis, plus rien.

Moi, j'étais sûr qu'il avait ri.

*
* *

J'étais seul avec le pendu qui avait ri. Je ne pouvais m'empêcher de le regarder. Il semblait s'être encore allongé. Et cette cagoule que j'ai toujours détestée! Cette cagoule qui cache tout mais qui laisse tout deviner! Les visages des pendus, je ne les vois jamais, mais je les devine et c'est encore plus terrible, je crois.

On avait éteint toutes les lumières et allumé la petite veilleuse, au-dessus de la porte.

Comme il faisait noir et comme j'avais peur de ce pendu!

Malgré moi, vers deux heures du matin, je m'assoupis. Je fus éveillé, je ne saurais dire au juste à quelle heure, par un léger bruit qui ressemblait à un souffle prolongé comme un soupir. Était-ce moi qui avais soupiré ainsi? Il fallait bien que ce fût moi, j'étais seul! J'avais probablement soupiré pendant mon sommeil et mon soupir m'avait éveillé...

Instinctivement, je portai les yeux sur le pendu. Il avait bougé! Il avait fait un quart de tour sur lui-même et me faisait maintenant face. Ce n'était pas la première fois que cela arrivait, c'était dû à la corde, je le savais bien, mais je ne pouvais m'empêcher de trembler quand même. Et ce soupir! Ce soupir dont je n'étais pas sûr qu'il fût sorti de ma bouche!

Je me traitai de triple idiot et me levai pour faire quelques pas. Aussitôt que j'eus le dos tourné au pendu, j'entendis de nouveau le soupir. J'étais bien sûr, cette fois, que ce n'était pas moi qui avais soupiré. Je n'osais pas me retourner. Je sentais mes jambes faiblir et ma gorge se desséchait. J'entendis encore deux ou trois soupirs, qui se changèrent bientôt en respiration, d'abord très inégale, puis plus continue. J'étais absolument certain que le pendu respirait et je me sentais défaillir.

Je me retournai enfin, tout tremblant. Le mort bougeait. Il oscillait lentement, presque imperceptiblement au bout de sa corde. Et il respirait de plus en plus fort. Je m'éloignai de lui le plus que je pus, me réfugiant dans un coin de la grande salle.

Je n'oublierai jamais l'horrible spectacle qui suivit. Le pendu respirait depuis cinq minutes environ, lorsqu'il se mit à rire. Il arrêta brusquement de respirer fort et se mit à rire, doucement. Ce n'était pas un rire démoniaque, ni même cynique, c'était simplement le rire de quelqu'un qui s'amuse follement. Son rire prit très vite de l'ampleur et bientôt le pendu riait aux éclats, à s'en tordre les côtes. Il se balançait de plus en plus fort... riait... riait...

J'étais assis par terre, les deux bras collés au ventre, et je pleurais.

Le mort se balançait tellement fort, à un moment donné, que ses pieds touchaient presque le plafond. Cela dura plusieurs minutes. Des minutes de pure terreur pour moi. Soudain, la corde se rompit et je poussai un grand cri. Le pendu heurta durement le sol. Sa tête se détacha et vint rouler à mes pieds. Je me levai et me précipitai vers la porte.

*
* *

Quand nous revînmes dans la pièce, le gardien, le directeur de la prison et moi, le corps était toujours là, étendu dans un coin, mais nous ne trouvâmes pas la tête du mort. On ne la retrouva jamais !

1964

2e buveur : Circé

Moi qui vous parle, j'en ai sillonné des mers, j'en ai visité des pays ! Même que je vous dirai que j'ai vu un pays qui n'existe peut-être pas ! Vrai comme je suis là ! Vous ne me croyez pas ? Écoutez...

Nous étions partis de Liverpool un 24 juin et nous nous dirigions vers... Je ne sais plus au juste sur quel port nous avions mis le cap... Toujours est-il que nous étions le 29 juin et qu'il faisait chaud. Moi, j'avais choisi le quart du soir parce que j'aimais voir le soleil disparaître dans la mer. Chaque soir, vers huit heures et demie, je m'installais à l'avant du navire, juste derrière la figure de proue qui représentait une sirène aux cheveux d'or et aux seins invitants, et je regardais le soleil décroître, sombrer dans la mer, puis disparaître tout à fait. Les derniers rayons de soleil disparus, je regardais la sirène et... c'est bête, mais j'avais l'impression que nous ressentions la même chose tous les deux. Une sorte de nostalgie, une sorte de serrement de gorge... enfin. Je retournais ensuite à mon poste et ça me prenait toujours au moins trois ou quatre pipes avant de me remettre.

Donc, c'était le soir du 29 juin. La chaleur avait été accablante toute la journée et la mer était plate comme la paume de la main d'une bonne sœur. Moi, j'étais accoudé au bastingage et je fumais tranquillement une pipe en attendant de voir se coucher le soleil. J'étais seul sur le pont. J'insiste là-dessus parce que plus tard j'ai essayé de trouver quelqu'un qui aurait pu, comme moi, être témoin de la chose, mais je n'ai trouvé personne et tout le monde m'a dit que j'avais rêvé. Mais rêve-t-on les yeux ouverts ? Je ne suis pas poète, moi, et quand je vois et j'entends des choses, je les vois et je les entends !

La mer était orange et le soleil la touchait presque lorsque j'entendis une voix lointaine. C'était comme si une femme eût chanté, là-bas, vers l'ouest. Je levai les yeux vers le ciel mais il n'y avait pas d'oiseaux. D'ailleurs les mouettes et les goélands ne chantent pas de cette façon-là. C'était vraiment la voix d'une femme. Une voix langoureuse, une voix qui vous prenait aux entrailles et qui vous disait des choses sans même prononcer de paroles. Je vins me poster sous la figure de proue et je pris mes lunettes d'approche. Au loin, juste à côté du soleil, il y avait une île. Je savais très bien qu'il n'y avait pas d'île dans cette partie de l'océan et que nous n'apercevrions pas la terre avant trois ou quatre jours... Je faillis crier « Terre ! » mais quelque chose m'en empêcha. Je crois que ce fut la voix qui m'empêcha de crier.

Non, ne vous moquez pas et écoutez la suite.

L'île semblait assez grande et, chose curieuse, elle semblait bouger. C'est-à-dire que je m'aperçus au bout de quelques secondes qu'elle s'approchait de notre bateau un peu trop vite. Notre bateau ne pouvait faire plus de quinze nœuds et l'île s'approchait à... disons trente ou quarante nœuds.

Moi, j'avais peur, mais la voix, la voix de femme que j'entendais de plus en plus distinctement, jetait dans mon âme un peu de paix... Je ne saurais comment dire... elle me tranquillisait, quoi. Et je voulais voir qui chantait ainsi !

Lorsque l'île fut tout près du navire, je vis dans une petite anse... Écoutez, il ne faudrait pas croire que je suis fou. Je peux vous jurer que j'ai vraiment vu cette créature... je ne rêvais pas! Dans une petite anse, assise sur une pierre à fleur d'eau, je vis la sirène de notre navire, notre belle figure de proue, qui chantait en me souriant et qui me tendait ses seins. Elle était belle! Si vous l'aviez vue. Elle serrait délicatement ses seins et semblait m'inviter à descendre du bateau, à la suivre je ne sais où... peut-être dans son pays, dans son monde à elle qui ne ressemble pas au nôtre, un monde où les femmes chantent toujours... chantent toujours et vous sourient... Excusez-moi, chaque fois que je raconte cette histoire, je ne peux pas m'empêcher de m'attendrir. Ce pays de chanson et de bonheur ne m'est apparu qu'une fois, pendant le coucher du soleil, cela n'a duré que quelques secondes, mais cela m'a fait tellement mal! Voyez-vous... Et puis non, vous ne comprendriez pas. Excusez-moi!

1965

3e buveur :
Sidi bel Abbes ben Becar

J'aimerais bien vous raconter l'histoire de Sidi bel Abbes ben Becar, l'Arabe qui avait trouvé le moyen de fertiliser les déserts ; mais avant sa mort, il m'a fait jurer de ne jamais rien dévoiler de sa vie ni de ses secrets, et je dois me taire. Mais avant de partir pour les mers lointaines, je voudrais quand même vous dire que lorsque vous verrez des arbres géants recouverts de fruits pousser au milieu des déserts, lorsque vous verrez les déserts eux-mêmes disparaître à jamais, alors vous pourrez danser en chantant : « Alleluia ! Sidi bel Abbes ben Becar est de retour. » C'est tout ce que je peux vous dire, mais croyez-moi, Sidi bel Abbes ben Becar reviendra, il me l'a dit.

1965

4e buveur :
L'œil de l'idole

Ce n'est que récemment que je suis revenu de ce lointain pays nommé Paganka, où les hommes bleus chassent le terrible oiseau-hyène, monstre énorme et redoutable qui s'attaque aux troupeaux et même, parfois, aux humains ; et où les femmes ne se coupent jamais les cheveux.

J'ai traversé la moitié de la terre avant d'atteindre ce pays maudit. Après un voyage très difficile de quatre mois à travers savanes et forêts, j'arrivai enfin à Kéabour, la capitale du pays, située en pleine forêt vierge. À vrai dire, Kéabour n'est pas même une ville mais tout au plus un village de quatre ou cinq cents habitants, où les commodités les plus rudimentaires et les lois les plus élémentaires de la bienséance sont encore ignorées. Ce qui me frappa le plus en arrivant à Kéabour fut l'étrange aspect des femmes bleues.

Il n'est rien de plus étonnant à voir que ces femelles bleues à longue tignasse, qui ressemblent plus à des fuseaux échevelés qu'à des femmes. Les plus vieilles traînent derrière elles une chevelure de plusieurs pieds de longueur qu'elles ne lavent jamais et qui finit par ressembler à du fumier séché.

Dès mon arrivée à Kéabour, je m'informai de l'endroit où était situé le temple de M'ghara, but de mon voyage. Mais personne ne semblait le savoir. Pourtant, M'ghara est le dieu du pays et j'avais souvent entendu parler des immondes sacrifices que les habitants du Paganka lui offraient dans ce temple. On parlait même de sacrifices humains mais rien n'avait jamais été prouvé...

Au bout de trois jours, je réussis cependant à trouver un vieillard qui, pour quelques bouteilles d'alcool, accepta de me vendre le secret des siens, prétextant qu'il ne risquait pas grand-chose parce qu'il était très vieux et qu'il allait mourir de toute façon. En effet, la peine de mort était imputée à quiconque divulguait le secret de l'emplacement du temple de M'ghara. C'est du moins ce que me dit le vieillard et je vis plus tard qu'il n'avait pas menti.

Je partis donc le lendemain à l'aube, à dos de mulet, dans la direction de la Montagne sans Sommet qu'on apercevait de Kéabour. Le voyage fut très difficile parce qu'il me fallait me cacher chaque fois que je rencontrais un habitant du pays et aussi à cause des bêtes féroces, des reptiles et des insectes voraces qui peuplent la jungle.

Pendant la quatrième nuit de mon voyage vers la Montagne sans Sommet, je fus éveillé par le son très rapproché d'un tam-tam. Je ne dormis pas du reste de la nuit et le tam-tam ne se tut qu'au lever du soleil.

J'atteignis ce jour-là le temple de M'ghara.

*

* *

Au milieu d'une clairière se dressait un bâtiment très laid ressemblant à une ruche d'abeilles et construit avec une matière que je reconnus être du graft, métal brunâtre dont se servent beaucoup les habitants du Paganka mais qui n'a aucune valeur. Je fus très déçu par l'aspect de pauvreté du temple de M'ghara. J'avais donc traversé la moitié du globe et risqué ma vie d'innombrables fois pour ne découvrir qu'un temple pauvre et miteux? Je m'approchai avec dépit du temple et gravis les quelques marches qui menaient au portique. J'allais pénétrer à l'intérieur lorsqu'un cri derrière moi me fit sursauter.

Un autel était dressé près du temple et sur cet autel étaient étendus le vieillard qui m'avait montré le chemin et une vieille femme à qui on avait coupé les cheveux. Le vieillard était déjà mort mais la femme vivait encore et avait même la force de gémir. Je m'approchai de l'autel et me penchai sur la femme. Elle ouvrit les yeux et se mit à hurler en m'apercevant. «Maudit sois-tu, étranger! cria-t-elle. Ton but est atteint mais vois ce que nous sommes devenus, mon homme et moi! Les oiseaux-hyènes vont bientôt venir nous chercher pour nous conduire chez M'ghara, le dieu terrible aux six bras... et cela à cause de toi! Mes propres enfants, suprême honte, m'ont coupé les cheveux devant tous les habitants de Kéabour et nous ont craché au visage à mon homme et à moi! Le grand-prêtre a lui-même enfoncé le couteau dans la poitrine de mon homme et il ne m'a laissé la vie qu'afin que je voie venir les oiseaux-hyènes! Je meurs à cause du sacrilège de mon homme, c'est dans les lois de Paganka. Mais je maudis Paganka et ses lois! Je maudis ses habitants! Et je te maudis, toi qui es venu de si loin pour t'emparer de l'œil de l'idole aux six bras! Beaucoup sont venus avant toi mais nul ne s'est jamais rendu si loin. Que la malédiction de M'ghara soit sur toi! Prends garde à l'œil, il...» La vieille femme s'arrêta soudain de parler et son regard se fixa sur un point qui se mouvait dans le ciel, au-dessus de nous. «Déjà, souffla-t-elle, ils sont déjà là!» Elle ferma les yeux et ne bougea plus. Le point se rapprochait de plus en plus de nous et lorsqu'il fut assez près pour que je pusse en distinguer les formes, je vis que c'était un oiseau à tête de hyène qui venait vers nous en lançant d'affreux croassements. Je courus vers le temple et pénétrai dans le portique. Je vis avec horreur que le temple n'avait pas de portes — les portes sont inconnues à Paganka — et je me dissimulai derrière un des piliers de graft qui soutenaient la toiture. De l'endroit où j'étais caché, je pouvais voir ce qui se passait à l'extérieur du temple sans être vu.

Au bout de deux ou trois minutes, l'oiseau-hyène atterrit près de l'autel et s'approcha des deux corps. Il les flaira quelques instants, puis hurla. Un battement d'ailes se fit entendre et un second oiseau-hyène vint le rejoindre. Ils flairèrent longtemps les deux corps sans se décider à s'en emparer. Soudain, ils levèrent tous les deux la tête en même temps et regardèrent dans ma direction. Ils avaient sûrement senti ma présence car ils s'approchèrent du temple et en gravirent les marches. Ils s'arrêtèrent cependant dans le portique et se contentèrent de me regarder — de l'endroit où ils se trouvaient maintenant ils pouvaient facilement me voir. — Quelque chose semblait les empêcher de pénétrer dans le temple et c'est ce qui me sauva. Après m'avoir méchamment contemplé de longues minutes, ils retournèrent à l'autel. Alors, s'emparant chacun d'un corps, ils s'élancèrent dans le ciel. J'entendis la vieille femme crier. Je sortis du temple pour voir les oiseaux-hyènes s'éloigner. Ils disparurent derrière un gros rocher de la Montagne sans Sommet.

*
* *

L'idole aussi était faite de graft. Elle était très vieille et tombait presque en ruines. Si je n'avais pas été aussi épuisé par le long voyage et les nombreuses aventures qui m'étaient arrivées avant d'atteindre le temple de M'ghara, j'aurais ri de la situation ridicule dans laquelle je me trouvais. J'avais traversé la moitié du monde pour trouver une idole qui n'avait aucune valeur ! J'avais dépensé toute ma fortune — bien minime il est vrai — dans l'espoir d'en découvrir une infiniment plus importante et je me retrouvais, après des mois de fatigues et de privations, devant une espèce de monstre à six bras qui ne valait pas six sous, qui me faisait la grimace et qui semblait se moquer de ma déconvenue !

J'étais complètement découragé. Je m'assis au pied de l'idole, appuyai ma tête sur l'un de ses genoux et je me serais mis à pleurer comme une jeune fille si une pensée n'avait soudain traversé mon esprit...

La vieille femme qui venait d'être enlevée par les oiseaux-hyènes avait parlé de « l'œil de l'idole ». Elle avait dit que j'étais venu m'emparer de « l'œil de l'idole ». Je levai la tête et regardai l'œil unique de M'ghara. Il n'avait rien de particulier. Gros comme le poing, il semblait être fait de graft comme le reste de la statue ; alors pourquoi la femme lui avait-elle donné tant d'importance ? Animé par un vague espoir, je me levai et montai sur les genoux de la statue. M'aidant des bras comme d'une échelle, je grimpai jusqu'à la tête de M'ghara. J'avais très peur que l'idole ne s'effondre sous mon poids mais quelque chose au fond de ma tête me disait qu'il valait la peine que je risque ma vie une dernière fois...

Je m'assis sur l'épaule de l'idole et me mis à examiner l'œil. Je m'aperçus vite qu'il n'était pas vraiment fait de graft. Une épaisse couche de ce métal recouvrait une matière qui semblait très dure... Je grattai la surface de l'œil et quelques parcelles de métal se détachèrent. J'eus alors l'impression très nette que quelque chose se passait à l'intérieur de la statue. Je sentis une sorte de frisson parcourir toute l'idole et l'un de ses bras bougea. Je me dis que l'idole avait probablement de la difficulté à supporter mon poids et que ce mouvement du bras n'était pas dangereux. Je continuai donc à gratter et au bout de trois ou quatre minutes toute la couche de graft était enlevée. Je m'approchai plus près de l'œil et je faillis suffoquer de surprise et de joie. J'avais devant les yeux le plus gros diamant qu'on puisse imaginer! Plus beau et plus gros que tous ceux que j'avais vus dans ma vie! Deux secondes plus tard, mon couteau était sorti de ma poche et je commençais à gratter autour de l'œil pour le détacher. Mais l'idole se mit à trembler et je crus distinguer un gémissement étouffé sortant de ses entrailles de métal. Je commençais à avoir réellement peur et me mis à gratter plus énergiquement afin d'achever mon ouvrage le plus vite possible. Au premier coup de couteau, la tête de M'ghara bougea de gauche à droite et l'un de ses bras se tendit vers le ciel. Une peur panique s'empara alors de moi et je frappai l'œil de toutes mes forces. L'idole se plia en deux et lança un hurlement de douleur. Je faillis dégringoler des épaules de M'ghara mais je réussis à passer mes deux bras autour de son cou et je restai suspendu, le corps collé contre sa poitrine. Je m'aperçus alors que l'idole respirait!

L'idole ne bougeait plus. Je grimpai de nouveau sur ses épaules. Le diamant était presque entièrement détaché et je me dis qu'un seul coup de couteau bien placé achèverait de l'arracher. Mais j'hésitais. L'idole n'allait-elle pas recommencer à gémir et à se débattre? Mais avait-elle seulement gémi ? Avais-je réellement perçu les pulsations de son cœur ou avais-je été victime de mon imagination ?

Je levai brusquement le bras et donnai un dernier coup de couteau dans l'œil de M'ghara. Aussitôt que le diamant se fut complètement détaché, l'idole se leva debout et porta deux de ses mains à sa blessure en criant. Sa tête heurta le plafond du temple et la secousse faillit me faire tomber. Je réussis cependant à m'accrocher à un pendentif que M'ghara portait à l'oreille. L'idole se mit à courir en tous sens dans le temple, se frappant aux piliers, tombant à genoux, se relevant et reprenant sa course folle en hurlant. Soudain, l'un de ses bras me saisit et me lança sur le sol, au pied d'un pilier. À moitié assommé, je me relevai et sortis du temple en courant.

Je courus pendant plusieurs minutes et finis par m'écrouler sous un arbre. Après m'être reposé quelques instants, je décidai de sortir le diamant que j'avais dissimulé sous ma chemise, pour le contempler. Oh ! je me souviendrai toujours avec horreur de cette seconde fatidique ! Lorsque je plongeai la main dans ma chemise, je criai de dégoût. Je sortis alors de dessous mes vêtements un énorme œil ensanglanté, chose horrible et visqueuse, qui me regardait à travers un filet de sang coagulé.

1964

31

5ᵉ buveur :
Le vin de Gerblicht

Gerblicht était mon ami. Ou, du moins, il se disait mon ami. C'était un homme assez plaisant et ses reparties souvent très spirituelles m'amusaient beaucoup. Il était aussi intelligent qu'il était laid et c'était l'être le plus laid qu'il m'avait été donné de rencontrer. Mais ses étranges idées, parfois, me faisaient peur. Et il le savait. Aussi lui arrivait-il souvent de m'effrayer avec ses idées diaboliques. Il avait la manie d'inventer toutes sortes de supplices pour les petits animaux ; manie qui avait le don de m'exaspérer au plus haut point. Il lui arrivait donc assez souvent de venir me montrer une nouvelle invention et de torturer devant moi tantôt une souris, tantôt un chat, tantôt un lapin... Je dois avouer que, dans ces moments-là, je croyais vraiment que Gerblicht était fou. Mais il me regardait toujours d'une façon si intelligente, si sensée, que j'étais obligé d'admettre qu'il n'était que cruel. D'une cruauté toute recherchée, toute raffinée.

Un jour, il vint me montrer comment il avait réussi à faire danser une de ses souris blanches. Prévoyant un nouveau supplice pour ces pauvres petites bêtes, je lui demandai de ne pas me faire de démonstration, prétextant un horrible mal de tête. Mais Gerblicht était résolu à me montrer sa nouvelle invention et rien au monde ne pouvait l'en empêcher. Je dus donc subir ce jour-là une des pires expériences de ma vie (la pire après celle que je raconterai plus loin).

Il avait apporté une boîte rectangulaire d'environ un pied de long sur six pouces de large et six pouces de haut. Cette boîte était construite en fer ou avec un métal ressemblant à du fer... Elle était posée sur un petit fourneau à gaz. Pour que nous puissions voir ce qui se passait à l'intérieur de la boîte, Gerblicht avait percé un trou sur le dessus de celle-ci et y avait assujetti une vitre. Dans la boîte était une petite souris blanche à qui Gerblicht avait donné un gros morceau de fromage. La pauvre bête grignotait tranquillement son fromage sans se douter des horreurs qui l'attendaient.

Gerblicht me dit que j'allais voir danser la souris... Un sourire cruel au coin des lèvres, il frotta une allumette et l'approcha du fourneau à gaz placé sous la boîte. Alors je compris. Je dis à Gerblicht de ne pas allumer le fourneau, que je ne tolérerais pas dans ma maison qu'on fît souffrir de cette manière une petite bête qui n'avait fait de mal à personne. Mais Gerblicht alluma quand même le fourneau. Je me réfugiai dans le coin le plus reculé de la pièce, avec la ferme intention de ne pas regarder ce qui se passerait à l'intérieur de la boîte.

Cinq minutes passèrent sans que rien ne se produise. Puis, soudain, j'entendis un léger cri. Croyant avoir entendu crier la souris, je m'apprêtais à couvrir mon ami d'injures, mais lorsque je me retournai je m'aperçus que c'était mon ami qui criait. Il était penché au-dessus de sa petite boîte et sa figure affreuse était transformée par une violente joie. Les cris que j'entendais étaient des cris de triomphe qu'il poussait en regardant dans sa boîte. « Viens voir, s'écria-t-il, elle commence à danser ! » Alors, et comme cela m'arrivait chaque fois que Gerblicht faisait une démonstration chez moi, une irrésistible envie de regarder dans la boîte me prit. Je ne voulais pas savoir ce qui se passait dans cette maudite boîte mais quelque chose de plus fort que mon vouloir m'attirait vers elle. Je m'approchai donc malgré moi et me penchai au-dessus de la cage rectangulaire...

Lorsque je revins à moi, j'avais encore dans la tête les terribles cris de la souris rendue folle par le fer chauffé à blanc, et un terrible mal de tête m'assaillait. Gerblicht était à mon chevet et riait doucement. «Tu n'es pas très solide, me dit-il. Tu as perdu connaissance presque tout de suite. Tu as manqué la meilleure partie. Tu aurais dû la voir vers la fin, quand...» Je le priai de se taire et lui demandai de bien vouloir se retirer parce que je sentais le besoin de me reposer. Gerblicht me regarda en souriant. «Très bien, dit-il, je pars. Mais laisse-moi te dire que je te trouve très faible. Presque comme un petit animal...»

Je m'endormis et rêvai toute la nuit à la souris sautant d'un mur à l'autre de sa boîte pour tenter d'échapper aux terribles brûlures qui fondaient sur elle de partout à la fois... Aucune sortie... Aucun moyen de s'échapper... le feu... le feu... toujours... sans relâche... sans fin... sans fin... toujours le feu...

*
* *

Je ne revis Gerblicht que quelque temps plus tard, à l'opéra. Je causais avec un ami lorsque je m'entendis interpeller joyeusement. «Bonsoir, me dit Gerblicht, je suis très heureux de te rencontrer! D'autant plus que je viens tout juste de recevoir quelque chose pour toi... un cadeau d'Allemagne !» Mais Gerblicht refusa de me dire en quoi consistait ce cadeau. «Jeudi, oui, jeudi, je viendrai chez toi avec mon présent. J'espère que tu sauras l'apprécier à sa juste valeur...»

Le jeudi suivant, j'attendis toute la journée mon ami Gerblicht. Mais il ne vint pas. À la fin, intrigué et, je dois l'avouer, un peu inquiet, je résolus de me rendre chez lui pour voir s'il n'était pas souffrant. Gerblicht n'était pas chez lui. Son domestique me dit qu'il était absent depuis le mardi et qu'il ignorait où son maître était allé. De plus en plus inquiet, je revins chez moi avec l'idée de me rendre au poste de police dès le lendemain soir si mon ami n'avait pas reparu.

Le vendredi matin, vers les dix heures, je fus éveillé par Gerblicht lui-même. «Je m'excuse, dit-il, de n'être pas venu hier, mais j'avais quelque chose de très important à terminer...» Je me levai et l'invitai à déjeuner avec moi. Nous causâmes de choses fort diverses durant tout le repas et je fus très heureux de voir que mon ami n'abordait pas le sujet de sa dernière visite... la souris qui danse. Il semblait l'avoir complètement oubliée. Après le déjeuner, Gerblicht me dit qu'il avait apporté son fameux cadeau d'Allemagne. Il sortit alors une minuscule bouteille de vin de sa poche. «Voilà mon cadeau, s'écria-t-il, tout joyeux. Tu vas goûter au meilleur vin...» Il me versa un verre de ce vin et me le tendit. «Prends, dit-il, tu m'en donneras des nouvelles.»

Qui a dit que les pressentiments n'existent pas? Celui-là avait tort. Ils existent. À cette minute-là, alors que j'allais porter le verre de vin à ma bouche, quelque chose se passa en moi que je ne pourrais décrire de façon précise... C'était comme un avertissement. Quelque chose dans ma poitrine, comme un serrement de cœur, me portait à éloigner le verre de ma bouche... Je regardai Gerblicht. Ses yeux étaient rivés sur moi. Son regard était braqué sur ma bouche et sa bouche à lui était entrouverte comme s'il avait eu envie de boire lui-même ou de me pousser à boire...

Je savais que je ne devais pas boire de ce vin.

Mais j'en bus quand même.

Cela commença dans ma gorge. C'était comme un serpent de feu qui coulait dans ma gorge. J'essayai de crier mais aucun son ne sortit de ma bouche. Et je me mis à tomber... En même temps que la douleur se répandait dans tout mon corps, je me sentis tomber... Une chute au ralenti. Comme dans les rêves, lorsqu'on se sent poursuivi et qu'on est incapable de courir. Plus je tombais et plus la douleur s'avivait. Dans ma chute, j'avais l'impression de tenir une bouteille de vin et de boire sans arrêt...

Soudain, une voix tonitruante emplit le ciel de mon rêve. «Comment trouves-tu mon vin? Comment trouves-tu mon vin? disait la voix. Il est bon, n'est-ce pas?» Un énorme rire fit éclater ma bouteille et je levai les bras vers le ciel. Je ne tombais plus. J'étais sur une route toute blanche. La terre était recouverte d'une poussière blanchâtre et une odeur de pourriture emplissait l'air. J'avais soif. C'était une soif terrible, intolérable, une soif comme je n'en avais jamais ressentie. Je me mis à crier que j'avais soif. Il fallait absolument que je boive. Absolument!

Un petit homme en haillons s'approcha de moi et me tendit une coupe pleine de lait. Je pris la coupe mais lorsque je vis la figure de l'homme mon cœur se souleva et je ne pus boire. Il n'avait pas de paupières!

Il me regardait avec ses yeux trop grands et il semblait quêter quelque chose... je ne sais quoi... Il semblait terriblement fatigué, aussi. Il tremblait de fatigue, le pauvre, et ses mains, posées sur ses cuisses, frissonnaient et paraissaient vouloir se détacher de son corps pour s'enfuir en courant. Je demandai à l'homme pourquoi il semblait si fatigué. Il me dit en gémissant qu'il n'avait pas dormi depuis des années parce qu'il n'avait plus de paupières. «Comment peut-on se reposer quand on n'a pas de paupières? criait-il. Je souffre atrocement et ne connaîtrai jamais le repos. Jamais plus je ne me reposerai parce que mes yeux sont ouverts à jamais!» Ses yeux étaient remplis de la poussière blanche qui recouvrait tout en cet endroit. Alors je dis à l'homme que je pourrais peut-être le sauver. «Prenez mes paupières, criai-je, prenez-les! Je vous les donne pour que vous ne souffriez plus! Prenez mes paupières, prenez-les, elles sont à vous...» Mais l'homme avait disparu.

«Comment trouves-tu mon vin? Comment trouves-tu mon vin?»

Je marchais le long de la route poudreuse. Chaque fois que je posais un pied sur le sol, un nuage de poussière s'élevait autour de moi. Je n'avais pas peur. Non, vraiment, je n'avais pas peur. Mais j'avais soif. De grands arbres de sel avaient poussé dans la plaine poussiéreuse et restaient immobiles malgré la forte brise.

Et cette voix qui n'en finissait pas de crier!

Je vis s'approcher de moi le plus étrange des hommes. Il était d'une maigreur effrayante et était agité par un tremblement continu. Dans ses traits, comme dans ceux de l'homme privé de paupières, d'ailleurs, je croyais reconnaître quelque chose de familier, mais je ne savais pas quoi. L'homme s'approcha de moi et me dit d'une voix éraillée: «Étranger, il ne faut pas rester ici. Pars au plus vite. Pars avant qu'il ne soit trop tard. Si tu restes, il te fera boire de son vin.»

Surpris, je lui dis que j'avais déjà bu de ce vin. L'homme s'écroula alors dans la poussière et se mit à gémir : « Malheur à toi, malheur à toi qui as bu de ce vin ! Tu vas devenir semblable à moi ! » Alors je reconnus sa voix. Je reconnus son visage. Je reconnus cet homme. Cet être agité d'un incessant tremblement et cet autre sans paupières, c'était moi ! Ces deux loques étaient moi !

Comment trouves-tu mon vin ? Mon vin ! Mon vin !

L'homme disparut et je me mis à crier comme un fou. Je me précipitai à plat ventre et me mis à creuser le sol furieusement. Un ruisseau de vin jaillit de la poussière mais je n'osai y toucher. Je me relevai et partis en courant. J'arrivai bientôt au pied d'une montagne. Les deux hommes que j'avais rencontrés plus tôt étaient assis sur une grosse pierre. Quand il me vit venir, l'homme sans paupières s'approcha de moi et me dit : « Surtout, n'essaie pas d'atteindre le sommet de cette montagne ! Maintenant que tu as bu de son vin, il est trop tard ! Il est trop tard ! Il est trop tard ! Tu es dans le gouffre et tu dois y mourir ! »

La voix que je n'avais pas entendue depuis un bon moment se fit entendre : « Je t'avais dit que tu étais faible comme un petit animal ! Comment trouves-tu mon vin ? Tu vas mourir dans d'atroces douleurs et j'aurai le plaisir de te voir crever de la même façon que la souris qui danse ! Exactement comme la souris qui danse ! Tu vas brûler ! Tu vas brûler ! »

Je me mis à escalader la montagne pendant que les deux hommes éclataient en sanglots. Mais le sol semblait s'effondrer sous moi et j'avais beaucoup de difficulté à marcher.

« N'essaie pas d'escalader cette montagne ! Je ne veux pas ! Je ne veux pas que tu reviennes à la vie ! Tu dois mourir ! Il faut que tu meures ! Je t'ordonne de ne pas escalader cette montagne !» Moi, je voulais de toutes mes forces atteindre le sommet de la montagne et j'avançais malgré tout, malgré la fatigue, malgré le sol qui se dérobait sous mes pieds... Mes douleurs empirèrent soudain et je crus mourir. Un horrible mal de cœur me prit et je me mis à vomir. Mes douleurs disparurent peu à peu et j'ouvris les yeux.

J'étais étendu sur le sol du salon et Gerblicht était penché sur moi. Quand il vit que je vomissais son vin, il s'arrêta de rire et se leva précipitamment. Exténué, je lui tendis la main pour qu'il m'aide à me relever mais il sauta sur moi comme une bête enragée et se mit à me frapper. «Chien ! criait-il, tu n'es pas mort. Tu as vomi mon vin et tu n'es pas mort !»

Il me frappa si fort que je perdis connaissance. Quand on me retrouva, le soir, j'étais étendu dans une mare d'immondices et je criais que je ne voulais pas qu'on m'arrache les paupières.

Jamais je ne revis Gerblicht. Je n'ai jamais essayé non plus de le retrouver. Je conclus qu'il avait fui dans un autre pays et je tentai de l'oublier...

Mais hier, une chose terrible est arrivée ! Ma femme, ma femme que j'adorais, a reçu pendant mon absence une bouteille de vin provenant d'Allemagne !...

1963

6e buveur :
Le fantôme de Don Carlos

Mon oncle Ivan était célèbre. Tout le monde le connaissait mais personne n'en parlait jamais publiquement. Mon oncle Ivan était spirite. On disait de lui qu'il pouvait communiquer avec les âmes des morts, grâce à un don que lui avait donné jadis une quelconque princesse hindoue. De fait, mon oncle possédait vraiment ce don. J'ai assisté dans mon enfance — mon oncle est disparu alors que j'étais à peine âgé de quinze ans — à des séances bien extraordinaires...

Ayant perdu mes parents alors que j'étais très jeune, je fus accueilli, instruit dans les choses de la vie et chéri par mon oncle Ivan. Malgré toutes les horreurs qu'on racontait sur son compte, par exemple qu'il était homme sans foi ni loi, qu'il avait vendu son âme au diable et autres stupidités du genre, mon oncle Ivan était un homme en tous points admirable.

Homme très érudit, il était le meilleur professeur qu'on puisse imaginer. Il savait expliquer les choses les plus compliquées d'une façon très simple et très claire, ce qui me permit, avec l'intelligence et les quelques talents que Dieu m'avait donnés, d'avancer assez rapidement dans tous les domaines et, surtout, dans le domaine des sciences.

Mais mon oncle refusa toujours de me parler de son don. Quand j'abordais le sujet, il se fâchait (ses colères étaient terribles) et me disait que jamais, au grand jamais, il n'accepterait de me dévoiler ses secrets. Il me semble encore l'entendre crier : « Tu veux devenir un médium, comme moi ? Pauvre, pauvre enfant, tu ne sais pas ce qui t'attend... Jamais tu ne deviendras médium ! Je refuserai toujours de te transmettre mon don, car c'est ce que tu veux, n'est-ce pas ? Je t'aime beaucoup trop ! Je t'aime beaucoup trop ! »

Tous les vendredis soirs, pourquoi le vendredi, je ne saurais dire, un groupe de six ou douze personnes envahissaient le salon de notre demeure et mon oncle invoquait les esprits. J'ai vu pendant ces séances extraordinaires des choses vraiment tragiques. J'ai vu des femmes perdre connaissance en voyant paraître devant elles qui son mari, qui son fils, qui sa mère... J'ai vu des hommes pourtant très braves se lever et sortir de la maison en poussant des cris d'épouvante parce que quelqu'un, un mort qui était venu de l'autre monde, les avait touchés... J'ai même vu une femme en pleurs embrasser passionnément l'image de son mari défunt. Mais la chose la plus effrayante, la chose la plus terrible et la plus terrifiante qu'il m'ait été donné de voir dans ce salon maudit, fut le fantôme de Don Carlos.

*
* *

Isabelle del Mancio, une des femmes les plus riches et, disait-on, la plus belle femme d'Espagne, était venue un jour visiter notre petit pays. En homme distingué qu'il était, le premier ministre avait préparé un grand dîner en l'honneur de cette noble dame. Malheureusement pour lui, mon oncle Ivan fut invité à la fête. Mon oncle Ivan, malgré qu'il fût, comme je l'ai déjà dit, un homme admirable, était très peu sociable. Il n'était vraiment pas fait pour vivre en société. Aussi avait-il la réputation d'être un grand sauvage et c'était vrai. Mon oncle préférait la compagnie de ses livres et, je puis le dire sans fausse modestie, ma compagnie à celle de ces «insoutenables aristocrates», comme il se plaisait à les appeler. L'invitation du premier ministre lui fut donc très peu agréable. «Tu devrais te sentir flatté, lui dis-je, qu'un premier ministre t'invite à dîner en compagnie de la plus belle femme d'Espagne!» Mon oncle Ivan sourit et dit doucement : «La plus belle femme d'Espagne, mon garçon, ce n'est pas Isabelle del Mancio. La plus belle femme d'Espagne...» Mon oncle ferma les yeux et me dit tout bas : «Je te la ferai voir, un jour.»

Mon oncle Ivan déclina l'invitation. Une mauvaise migraine...

Mais Isabelle del Mancio était une enragée de spiritisme. Elle avait entendu parler de mon oncle Ivan et tenait absolument à faire sa connaissance. Quand elle vit que mon oncle n'était pas présent à la fête offerte en son honneur, elle fut très vexée.

Tout de suite après le dîner, elle exigea qu'on fît venir sur le champ le «malade». «J'ai parcouru des milliers de milles pour rencontrer ce médium (ici, le premier ministre fut un peu froissé); j'arrive enfin dans ce pays de malheur et on me dit que ce monsieur ne veut pas me voir sous prétexte qu'il a une grosse migraine! On ne sait donc pas vivre, dans ce pays?»

Mon oncle Ivan refusa catégoriquement de se rendre chez le premier ministre. Cependant, il accepta d'inviter Isabelle del Mancio à la séance de spiritisme du vendredi suivant. Ce soir-là, avant de se coucher, mon oncle Ivan eut de bien étranges propos. « J'espère, me dit-il, que cette Isabelle del Mancio ne connaît pas le fantôme de Don Carlos. »

*

* *

La première chose dont Isabelle del Mancio parla le vendredi suivant fut le fantôme de Don Carlos.

*

* *

Mon oncle pâlit et les muscles de sa joue tressaillirent, ce qui marquait chez lui une profonde nervosité. Isabelle del Mancio s'en aperçut. Ce fantôme devait être bien terrible pour faire pâlir mon oncle Ivan ! Mais je vais tenter de rapporter le plus fidèlement possible la conversation qui s'engagea alors entre Isabelle del Mancio et mon oncle.

« Je vois, dit-elle, que la réputation de Don Carlos n'est plus à faire. Tous les médiums semblent le connaître et tous refusent d'entrer en relation avec lui. J'ose espérer cependant que vous, qui êtes peut-être le plus...

— Je vous prie, madame, coupa mon oncle, de ne pas me demander...

— Mais Don Carlos ne doit pas être si terrible !

— Si, madame, il l'est.

— Comment pouvez-vous le savoir ? Vous l'avez vu ?

— Je l'ai vu. Et même si je ne l'avais pas vu je refuserais quand même de le contacter. Don Carlos est un nom tabou dans le domaine du spiritisme. On ne peut le faire apparaître qu'une fois et... Comme vous le disiez à l'instant, tous les médiums le connaissent, mais aucun ne veut avoir affaire à lui.

— Comment se fait-il, alors, que vous l'ayez vu ?

— Ce serait une histoire trop longue à raconter. D'ailleurs, j'aime mieux l'oublier. Ou, du moins, je veux essayer. Car on n'oublie pas Don Carlos lorsqu'on l'a vu, ne serait-ce qu'une fois dans sa vie.

— Dites-moi comment il est, au moins !

— Je vous en prie, madame, insister me vexerait. »

Isabelle n'insista pas. La séance commença et ne fut pas un grand succès. Isabelle del Mancio avait assisté à un nombre incroyable de séances de cette sorte et rien ne pouvait plus l'intéresser, rien sauf le fantôme de Don Carlos. Mon oncle Ivan le vit bien et sembla en proie à une grande inquiétude durant toute la soirée. La séance se termina sur l'apparition de l'âme du père d'Isabelle. Mais celle-ci n'adressa même pas la parole à son père ; elle l'avait vu tellement de fois depuis sa mort qu'elle n'avait plus rien à lui dire...

Avant que les invités ne partissent, je vis mon oncle s'approcher de l'Espagnole et lui demander quelque chose. De grosses sueurs perlaient sur son front et sa voix était défaillante.

Isabelle sourit et vint s'asseoir à côté de moi, sur un gros divan près de la cheminée. « Votre oncle semble bien nerveux », me dit-elle d'un ton badin. Je sentis que quelque chose d'horrible allait se passer à cause de cette femme. C'est alors que je commençai à la détester.

Quand tout le monde fut parti, mon oncle Ivan vint nous rejoindre sur le divan. Il prit les mains de la belle Espagnole entre les siennes. « Je peux vous faire voir le fantôme de Don Carlos, si vous le voulez, dit-il. Je suis vieux maintenant et le spiritisme commence à m'ennuyer. Voyez-vous, le fantôme de Don Carlos est la dernière chose qu'un médium peut faire apparaître. Quand il reçoit son don, le médium s'engage à communiquer avec ce fantôme une fois dans sa vie, et il est obligé de tenir sa promesse. Ensuite, tout est fini pour lui. »

Je pensais à ce moment-là qu'un médium perdait son pouvoir quand il faisait apparaître le fantôme de Don Carlos... Oh ! si j'avais su ! Si j'avais su !

« Ma carrière tire à sa fin, continua mon oncle, et j'ai décidé ce soir de la couronner en faisant apparaître pour vous le fantôme de Don Carlos. J'ai tenu à le faire en secret parce qu'on ne peut montrer le fantôme de Don Carlos à n'importe qui. Il faut posséder une immense dose de sang-froid pour faire face à ce fantôme. Je sais, madame, que vous possédez ce sang-froid. Si vous voulez voir Don Carlos, vous le verrez. Mais je vous avertis : ce que vous verrez sera épouvantable ! » Et Isabelle del Mancio se mit à rire. « Il n'y a rien qui puisse me faire peur, dit-elle. Pas même le diable en personne ! »

J'essayai de dissuader mon oncle de mettre son projet à exécution mais ce fut en vain. J'eus beau lui dire qu'il serait dommage de perdre son don à cause d'une Espagnole un peu trop belle qui ne saurait même pas le remercier... rien n'y fit. « Le temps est venu pour moi de faire apparaître Don Carlos », me répondit-il.

Isabelle del Mancio semblait très heureuse à la perspective de pouvoir enfin contempler le fameux fantôme de Don Carlos. Que lui importait le prix de cette apparition ? « Depuis le temps que j'en entends parler ! » Et un sourire passa sur ses lèvres sensuelles. « On dit qu'il est très beau...

— Non, cria mon oncle Ivan, Don Carlos n'est pas beau ! »

Mon oncle Ivan me dit d'éteindre toutes les lumières de la maison et de fermer toutes les portes et toutes les fenêtres. Nous habitions une immense maison au bord de la mer, une grande maison isolée qui pouvait avoir trois ou quatre cents ans... « Quand tu seras revenu au salon, dit-il, ferme la porte derrière toi, éteins toutes les lumières, sauf celle qui se trouve au-dessus de la table ronde, et cache-toi dans le coin le plus sombre de la pièce. Surtout, ne te montre pas ! Sous aucun prétexte, tu m'entends ? Sous aucun prétexte ! »

Quand je revins au salon, mon oncle Ivan se tenait debout au milieu de la pièce et regardait l'immense glace qui pendait au-dessus de la cheminée. « C'est par là, dit-il enfin, qu'arrivera Don Carlos. »

Isabelle se mit à rire (elle ne savait que rire, cette femme !) et déclara qu'elle voulait absolument acheter le miroir quand tout serait fini. « Je veux emporter Don Carlos avec moi ! » déclara-t-elle. Mon oncle la regarda sévèrement. « Quand vous aurez vu Don Carlos, dit-il, vous ne voudrez certainement pas l'emporter avec vous ! »

Je me dissimulai derrière une tenture, dans un coin très sombre du salon, pendant que mon oncle Ivan et Isabelle del Mancio s'asseyaient à la table ronde. « Avant de commencer, chuchota mon oncle, je dois vous prévenir d'une chose. Il ne faut pas que Don Carlos sache que nous sommes ici. Il ne faut pas que Don Carlos nous voie ! Lorsque vous le verrez, ne faites pas de bruit. Surtout, ne parlez pas.

— Comme c'est dommage, déclara Isabelle en rejetant sa tête en arrière, moi qui voulais séduire votre fantôme ! »

Comme je haïssais cette femme! Comme je la haïssais!

Mon oncle étendit ses mains sur la table ronde et dit à l'Espagnole de joindre ses doigts aux siens. Il proféra alors des mots que je ne compris pas et qu'Isabelle sembla trouver très drôles. Je la voyais qui riait en regardant mon oncle faire ses incantations... Si j'avais pu à ce moment-là prévoir ce qui allait se passer, j'aurais tué Isabelle del Mancio et j'aurais sauvé mon oncle Ivan!

*
* *

Je n'entendis, tout d'abord, qu'un léger bruit. Bruit presque imperceptible, qui semblait venir d'au-dessus de la cheminée. Mon oncle Ivan se pencha vers Isabelle et lui chuchota: «Ne regardez pas le miroir tout de suite. Je vous avertirai quand vous pourrez regarder.» Isabelle détourna la tête mais, moi, je continuai à regarder dans la direction du miroir. Le même faible bruit se répéta à plusieurs reprises et une douce lumière orangée illumina soudain la glace. Mon oncle continuait toujours à marmonner des paroles incohérentes. Il ne regardait pas lui non plus dans la direction du miroir. Mais, moi, je regardais!

Tout à coup, mon oncle Ivan se leva précipitamment et se jeta sur moi comme un fou. «Ne regarde pas le miroir, cria-t-il. Ne regarde pas le miroir! Il pourrait te tuer! Don Carlos pourrait te tuer!»

Au même moment, un bruit épouvantable emplit toute la pièce et le miroir vola en éclats. Un coup de vent formidable souleva les draperies pendant qu'un sifflement perçant me déchirait les oreilles. «Malheur! cria mon oncle Ivan, le miroir est brisé! Le miroir est brisé! Don Carlos ne pourra plus repartir!»

Une longue traînée de fumée bleuâtre était suspendue au milieu de la pièce. «Il est déjà là, dit mon oncle Ivan. Surtout, ne faites pas de bruit! Sous aucun prétexte!» Il alla s'asseoir à sa place, sous le lustre allumé, près d'Isabelle del Mancio. Celle-ci semblait s'amuser énormément.

La fumée tournoyait dans le salon en formant une longue spirale qui partait du plafond et qui se terminait au plancher. La spirale tournait de plus en plus rapidement. On entendait comme le sifflement d'un ouragan éloigné qui se rapprochait de seconde en seconde. À un certain moment, la fumée tournait tellement vite qu'on ne la vit plus. Elle était devenue une sorte de lumière transparente et bleue. Alors, j'entendis le plus formidable hennissement qu'on puisse imaginer. Cela tenait à la fois du cri d'un animal et du bruit du tonnerre.

Dans la lumière bleuâtre, la forme indécise d'un cheval blanc se mouvait. C'était un cheval magnifique, à la crinière extrêmement longue et à la queue superbe. «Quel beau cheval, chuchota Isabelle del Mancio.

— Taisez-vous, répondit mon oncle. Vous voulez notre perte?»

Le cheval hennit de nouveau et se mit à trotter dans le salon. Il fit le tour de la pièce deux ou trois fois, puis revint se placer dans la lumière bleue. Il leva alors la tête vers le plafond et hennit tout doucement.

Je vis alors apparaître l'être le plus extraordinaire et le plus répugnant à la fois qu'il ait été donné à un humain de voir. Ce n'était pas un homme, c'était un véritable titan. Assis sur son cheval, Don Carlos paraissait encore plus grand qu'il ne devait l'être en vérité. Sa tête touchait presque le plafond. Je n'avais jamais vu figure si laide et regard si hargneux... Je ne puis décrire ici l'horreur que ce géant m'inspirait. Il était laid, d'une laideur quasi insupportable et sa grandeur extraordinaire ajoutait encore à cette laideur. Il regardait autour de lui comme s'il eût cherché quelque chose qu'il ne pouvait trouver. Son front était plissé et il semblait en colère. Il descendit de cheval et fit le tour du salon, comme l'avait fait le cheval auparavant.

Isabelle del Mancio ne riait plus. Elle était extrêmement pâle et s'agrippait aux épaules de mon oncle Ivan.

Don Carlos semblait de plus en plus furieux. Il remonta sur son cheval. Ce dernier se dirigea d'un pas lent vers le miroir. Mais soudain Isabelle se leva et s'approcha du cheval. Mon oncle et moi ne pûmes réprimer un cri de stupeur. Nous criâmes juste comme Isabelle touchait le cheval du bout des doigts. Le cheval se cabra comme si une main de feu l'eût touché. Don Carlos se tourna vers Isabelle, sembla l'apercevoir pour la première fois et se pencha vers elle. Il la regardait droit dans les yeux. Isabelle semblait hypnotisée par son regard et ne bougeait plus. Don Carlos enleva lentement son gant droit et appliqua sa main sur la figure d'Isabelle. Ses ongles pénétrèrent dans la chair de la jeune femme et, pendant qu'Isabelle hurlait de douleur, cinq filets de sang coulèrent sur son visage.

N'y tenant plus, mon oncle Ivan se jeta sur Isabelle del Mancio. Il tenta de toutes ses forces de la soustraire à l'étreinte du fantôme, mais sans résultat. Il courut alors à la cheminée, s'empara d'un énorme chandelier et frappa Don Carlos au bras gauche. Don Carlos ouvrit la bouche mais aucun son n'en sortit. Il lâcha enfin la pauvre Isabelle qui s'écroula sur le plancher. Quelques morceaux de chair restèrent accrochés aux ongles de Don Carlos. Mon oncle laissa tomber le chandelier en criant : « Sauve-toi ! Sauve-toi, avant qu'il ne soit trop tard ! Don Carlos nous a vus ! Nous sommes perdus !... Non, pourtant... il nous reste encore une chance... Ouvre, ouvre la fenêtre toute grande, Don Carlos croira que c'est le miroir et s'y précipitera ! »

Pendant ce temps, Don Carlos, qui était descendu de cheval, s'était dirigé vers le miroir et s'était rendu compte que celui-ci était brisé. Il se retourna lentement et regarda mon oncle, toujours en se tenant le bras gauche. « Vite, dépêche-toi ! » cria mon oncle.

Je me précipitai vers la fenêtre la plus proche et l'ouvris toute grande. Le vent s'engouffra dans la pièce et effraya le cheval de Don Carlos. La bête sembla effrayée à un point incroyable. Elle se mit à courir en tous sens dans la pièce, renversant tout sur son passage. Don Carlos la saisit par la crinière et grimpa dessus. Mon oncle s'était plaqué contre le mur pour éviter le cheval. « Sauve-toi ! Sauve-toi ! Don Carlos est en colère ! Rien ne pourra l'arrêter, maintenant ! Le miroir est brisé ! Don Carlos ne pourra plus repartir ! »

J'assistai alors au spectacle le plus horrible de ma vie. Vision atroce qui laisse en moi un vertige infini de peine et d'horreur. Le cheval de Don Carlos galopait en tous sens dans la pièce pendant que son maître se retournait sans cesse pour ne pas perdre mon oncle Ivan de vue. Mon oncle, lui, courait pour éviter de se faire piétiner par la bête folle. Le corps d'Isabelle del Mancio gisait, écrasé et sanglant, près de la cheminée. Moi, j'étais dissimulé derrière ma tenture et ne pouvais bouger, paralysé par toutes les horreurs que je voyais.

À un moment donné, le cheval passa très près de

mon oncle Ivan; Don Carlos souleva ce dernier de terre en se penchant et le plaça de travers, devant le pommeau. Je lançai un grand cri et me précipitai sur la bête. Mais il était trop tard. Don Carlos avait vu la fenêtre et déjà son cheval l'avait franchie. « Adieu ! cria mon oncle, adieu ! Je t'aimais trop pour... »

Le lendemain, au village, un pêcheur jura avoir vu galoper un cheval sur la mer. Deux hommes étaient sur ce cheval. L'un paraissait très grand. L'autre ne bougeait pas. Il semblait mort.

1963

Le soûlard

Un soûlard est entré dans la taverne et tous les buveurs se sont tus. Tous l'ont regardé s'installer à la table du centre, cette table toujours inoccupée — on ne savait d'ailleurs pourquoi — que tous les clients évitaient et que tout le monde aurait bien aimé voir disparaître. Et le soûlard a demandé à boire. Il a bu de cette bière blonde si douce et si fraîche qui faisait la réputation de la taverne ; de cette bière dont on disait qu'elle était magique parce qu'elle vous berçait langoureusement et vous faisait voir des choses. Personne ne parlait plus depuis que le soûlard était là. Le soûlard ne regardait personne. Il regardait son verre. Parfois il prenait une petite gorgée de bière. On sentait que tout le monde avait hâte de voir son verre vide et de le voir sortir, lui, le soûlard qui les empêchait de parler.

La grande Marie aurait bien voulu continuer de dire à son Jules ce qu'elle pensait vraiment de lui — pour une fois qu'elle était décidée — mais elle ne le pouvait pas. Elle s'était bêtement arrêtée au début d'une phrase et elle ne pouvait plus continuer. Elle surveillait le verre du soûlard. Elle aurait aimé pouvoir se lever, s'approcher de la table, renverser le verre, oui, le renverser par terre, répandre la bière partout et mettre ensuite le soûlard à la porte ; mais ça non plus elle ne le pouvait pas. Elle était nerveuse, la Marie, de se sentir si impuissante.

Quand vint l'heure de la fermeture, le patron fut incapable de dire à ses clients qu'il devait fermer la taverne et personne n'est sorti. Le soûlard commanda une autre bière, puis une autre. Les buveurs étaient fatigués, ils voulaient aller dormir mais le soûlard continuait à boire sans s'occuper d'eux.

Jimmy — c'était le comique de l'endroit — s'était arrêté au beau milieu de la meilleure plaisanterie à laquelle il eût jamais pensé. Une histoire de médecin et de garde-malade, enfin quelque chose de très grivois et de très drôle... Il était impatient, il se tordait presque sur sa chaise, il essayait d'attirer l'attention des autres buveurs, il... guettait lui aussi le verre du soûlard.

Lucie, elle — vous savez bien, la petite Lucie qui était arrivée de la campagne un jour et qui n'était plus jamais repartie parce qu'elle était tombée amoureuse du patron — Lucie, elle, était bien contente au début que tout le monde se soit tu. Elle aimait le silence, Lucie. Elle ne parlait jamais. Non pas qu'elle n'eût jamais rien à dire mais simplement parce qu'elle ne sentait pas le besoin de le dire. Mais voilà que soudain elle avait eu le besoin de dire quelque chose. Elle ne savait pas ce que c'était mais elle savait parfaitement que c'était très important. Vite! Vite! Qu'il en finisse avec sa bière, que je parle, que je le dise enfin! Que je le dise enfin!

Le soûlard continuait à boire. Les verres s'empilaient sur la table et même autour et personne ne parlait. Quand le soûlard terminait un verre on voyait une lueur d'espoir s'allumer au fond des prunelles des buveurs; mais lorsque le soûlard criait: «Encore!» les regards se brouillaient, les corps se courbaient un peu plus.

Peu à peu la poussière, la saleté et la moisissure s'emparèrent de la place. Des araignées installèrent leur quartier général sur une table et tissèrent leurs fils un peu partout. Les buveurs ne regardaient plus le soûlard, ils savaient qu'il ne fallait plus rien attendre. Ils se regardaient. Ils se regardaient vieillir.

1965

DEUXIÈME PARTIE

HISTOIRES RACONTÉES
POUR DES BUVEURS

La dernière sortie de Lady Barbara

« Mais puisque je vous dis que je ne suis pas responsable ! Rien de ce qui est arrivé n'est de ma faute ! C'est Eux qui m'ont donné des ordres ! Je ne pouvais pas refuser ! Je ne pouvais pas ! Depuis des heures j'essaie de vous faire comprendre que je ne suis rien ou presque dans cette histoire et vous persistez à ne pas me croire. Comment voulez-vous que je vous dise où est le corps de Lady Barbara après ce que je viens de vous raconter ? Je ne sais pas où est le corps de Lady Barbara ! Non ! Non ! Lady Barbara n'est pas morte ! Je devais la tuer mais... vous savez ce qui est arrivé, je vous l'ai raconté plus de cent fois ! Laissez-moi me reposer un peu, je suis si fatigué ! Non ! Non ! Puisque je vous le dis ! Elle n'est pas morte ! Lady Barbara n'est pas morte ! »

*
* *

Le Grand-Prêtre s'est levé — il est si rare que le Grand-Prêtre se lève de son trône pour donner des ordres que j'ai tout de suite compris que ma mission allait être de la plus haute importance — et il m'a regardé droit dans les yeux. C'était la première fois que le Grand-Prêtre, le Chef Suprême de toutes les Confréries, m'adressait la parole. Je ne pouvais pas m'empêcher de trembler et je baissai les yeux. «Non, cria le Grand-Prêtre, relevez les yeux et regardez-moi bien. Nous n'aimons pas les froussards, vous le savez... Il vous reste une épreuve à traverser avant d'entrer dans la Troisième Confrérie de Gauche. Cette épreuve sera très difficile, je vous avertis, mais si vous réussissez dans votre mission — et il faut que vous réussissiez, vous m'entendez, il le faut ! — vous pourrez alors devenir un Frère de la Troisième Confrérie de Gauche et revêtir la robe blanche qui défie le Temps et la Mort. »

Le Grand-Prêtre descendit les quelques marches qui nous séparaient, vint se placer devant moi et posa ses deux mains sur mes épaules. Une force extraordinaire émanait de tout son être et je sentais un fluide, une force inconnue pénétrer en moi. Tous mes nerfs étaient tendus et mon cerveau était paralysé comme sous l'effet d'une formidable décharge électrique.

Le Grand-Prêtre n'avait plus besoin de parler. Dans ma tête, des images folles, des idées imprécises, des messages incompréhensibles se bousculaient avec une rapidité vertigineuse. Au bout de quelque temps cependant, une image se détacha du fouillis inextricable de ma tête et s'imposa à mon cerveau.

C'était l'image d'une vieille femme d'une centaine d'années, assise dans un fauteuil roulant, qui jouait aux cartes. Je reconnus Lady Barbara, la femme la plus redoutable de tout le territoire qui s'étend de ce côté-ci de la Montagne Sans Sommet.

Et j'ai compris qu'il fallait que je tue Lady Barbara.

Lady Barbara était l'une des femmes les plus estimées de Londres. Personne ne se doutait qu'elle menait une double vie, qu'elle faisait partie de la Première Confrérie de Droite, la confrérie des Chefs de l'Univers. Elle recevait tous les jours dans son salon les personnages les plus importants de Londres et de l'étranger. Mais nul ne savait que seul son corps présidait ces réceptions. Lorsqu'elle semblait s'endormir dans son fauteuil on disait : « Voilà Lady Barbara qui s'endort. C'est compréhensible, à son âge... » Mais Lady Barbara ne s'endormait pas dans ces moments-là. Son esprit quittait son corps pour rejoindre les Frères de la Première Confrérie de Droite qui venaient de lui transmettre un message. Et la fête continuait, un peu moins bruyante cependant, pour ne pas éveiller cette chère Lady Barbara qui persistait encore à recevoir dans son salon malgré ses quatre-vingt-dix-neuf ans...

Lady Barbara était l'un des Chefs Suprêmes de toutes les confréries du Cosmos et la femme la plus puissante de l'Univers. Mais le Grand-Prêtre avait dit qu'elle était devenue trop vieille et trop exigeante. On la soupçonnait même de vouloir faire une révolution dans les basses confréries afin de se mettre à leur tête pour détrôner le Grand-Prêtre et prendre sa place.

Et c'est pour cela que Lady Barbara devait disparaître. Et c'est moi qu'on avait choisi !

*
* *

N'eût été le léger frémissement de la tenture qui la recouvrait lorsque, par hasard, je regardais du côté de la porte, je ne me serais jamais douté qu'on m'observait. Qui donc était derrière cette tenture ? On m'avait prévenu de me méfier de la maison de Lady Barbara, qu'elle était remplie de trappes, de fenêtres en trompe-l'œil, de corridors sans issue, de chambres-oubliettes, de fausses portes, de faux tableaux, de fausses glaces, enfin que tout y était faux et dangereux... Lady Barbara voulait donc savoir de quoi j'avais l'air avant que de me recevoir dans ses appartements ? Je me levai précipitamment de mon fauteuil et m'élançai vers la tenture afin de surprendre cet envoyé chargé de me décrire à la femme que je devais tuer. Je tirai la tenture et restai pétrifié devant le spectacle qui s'offrait à moi.

Lady Barbara elle-même, assise dans son fauteuil roulant, vêtue d'une robe noire, un châle de même couleur noué autour du cou, un étrange oiseau sur l'épaule droite, les mains tenant un gros volume posé sur ses genoux, Lady Barbara elle-même me regardait de son seul œil encore valide et Lady Barbara ricanait.

— Vous êtes très rapide, jeune homme, dit-elle d'une voix rauque rappelant légèrement le cri d'une corneille. Et vous êtes un peu trop nerveux. Est-ce là une façon de se présenter devant une femme qui aura bientôt cent ans ? Vous auriez pu me faire mourir de peu ! Veuillez pousser mon fauteuil près du canapé, je vous prie.

Qui avait dit que Lady Barbara était «une bonne petite vieille bien sympathique avec des airs de grand-maman poule» ? Mais Lady Barbara était effrayante à voir ! Ses mains à elles seules — des mains longues, plus longues que toutes celles que j'avais vues jusque-là, avec des doigts et des ongles crochus — faisaient monter en moi je ne sais quelles visions d'horribles sabbats, de sacrifices sanglants et de chairs torturées. Et cet œil mort, à demi fermé, qui pendait sur sa joue... Mais était-ce là la Lady Barbara qui recevait tous les soirs, la bonne petite vieille un peu maniaque qui s'endormait au milieu de ses réceptions ? Se pouvait-il que ce corps effrayant inspirât de la sympathie à la haute société de Londres ?

— Ne me regardez pas comme ça, dit soudain Lady Barbara, et venons-en au fait. Je sais qui vous êtes et ce que vous me voulez.

À ce moment une lueur d'ironie passa dans les yeux de Lady Barbara, mais si furtive que je me demandai si je ne l'avais pas imaginée dans mon énervement. Lady Barbara savait-elle vraiment ce que je lui voulais ?

— J'ai trouvé bien étrange, reprit la vieille femme, que le Grand-Prêtre veuille me voir en chair et en os.

En effet, afin de faciliter ma mission, le Grand-Prêtre avait fait savoir à Lady Barbara qu'il voulait la voir en chair et en os ; c'est-à-dire avec son corps, à la porte du Temple Bleu. Je pourrais ainsi sortir avec elle sous prétexte de la mener à un rendez-vous et me préserver des maléfices de sa maudite maison. « C'est une histoire cousue de fil blanc, continua Lady Barbara, et je soupçonne un piège. Ne vous avisez pas, mon petit jeune homme, d'essayer de me faire quelque mal. Je ne suis pas née d'hier, vous savez, et je sais me défendre. Lady Barbara est peut-être plus puissante que vous ne vous l'imaginez ! »

Son œil s'était agrandi et elle s'était dressée sur son fauteuil en parlant ; elle avait semblé grandir, grandir... De petite vieille qu'elle était auparavant elle était devenue en quelques instants une sorte de monstre en furie qui prenait soudain conscience qu'on l'attirait dans un piège.

— Seriez-vous venu pour me tuer ? cria-t-elle enfin. C'est cela, n'est-ce pas, vous êtes venu pour me tuer ! Avouez ! Mais avouez donc ! Vous voyez bien que j'ai tout deviné !

J'essayais de paraître calme, de me composer un visage placide mais je sentais mes forces m'abandonner avec une rapidité folle. Elle savait tout ! Mais, à ma grande surprise, la colère de Lady Barbara disparut aussi soudainement qu'elle était venue. Lady Barbara se tranquillisa en quelques secondes à peine et un sourire, hypocrite sans doute, mais un sourire quand même, vint s'emparer de sa bouche et l'étirer d'une façon atroce. «Je plaisantais, susurra Lady Barbara, je plaisantais. Je voulais seulement vous éprouver. Mais je vois que vous êtes sincère et que le Grand-Prêtre m'attend vraiment au Sommet de la Colline Bleue.»

Elle me demanda ensuite de pousser son fauteuil vers la porte de sa chambre. «J'ai oublié quelques petites choses et je dois porter ce livre-là où il doit être.» Je poussai donc son fauteuil jusqu'à la porte et ouvris celle-ci. Alors que Lady Barbara pénétrait dans la pièce avec sa chaise roulante, je jetai un coup d'œil furtif au-delà de la porte. Et je vis avec stupeur que la chambre de Lady Barbara était en tous points semblable à une immense cage d'oiseau !

*

* *

J'avais atrocement peur en poussant la chaise de Lady Barbara sur la route poudreuse de la Colline Bleue. Je sentais autour de nous un monde invisible se déplacer parallèlement à notre route ; un monde de monstres sanguinaires et de terreurs insondables ; un monde qui appartenait à Lady Barbara. Mais comment, comment allais-je mener à bien ma mission ? Certes, j'avais échappé à la maison de Lady Barbara mais ces êtres à peine invisibles que j'entendais rire et marcher autour de moi n'étaient-ils pas aussi, sinon plus dangereux que la maison de Londres ? À plusieurs reprises, le courage me manqua et je faillis laisser Lady Barbara au milieu de la route et prendre mes jambes à mon cou; courir, courir vers Londres, vers ma maison, vers la liberté... Une tasse de café le matin et le cinéma deux fois la semaine... Mais je ne suis pas né pour mener une vie de bourgeois. Je suis né pour parcourir le temps et l'espace, pour remonter le fleuve de la vie vers sa source et revêtir la robe blanche des Confréries du Cosmos. Je suis né pour planer au-dessus de mes semblables ! C'est pourquoi j'ai poussé le fauteuil de Lady Barbara jusqu'au sommet de la Colline Bleue. C'est pourquoi je voulais à tout prix réussir dans ma mission. Je me devais de défier le monde de Lady Barbara et je le fis.

« Nous y voilà, dit Lady Barbara. Le temple est fermé. Le Grand-Prêtre n'est donc pas encore arrivé ? » Je discernai sous cette phrase banale, sous cette voix qui se voulait neutre, un ton ironique, une goutte d'acide qui me fit frissonner. « Attendons », dit Lady Barbara. On ne marchait plus autour de nous. Ils s'étaient arrêtés, eux aussi.

J'entendais des chuchotements, je sentais des frôlements... Je décidai de faire vite avant de devenir fou. J'étais placé derrière le fauteuil de Lady Barbara et je pensai qu'un coup de poignard bien placé à la base du cou me débarrasserait instantanément du corps de Lady Barbara. Quant à son esprit... Le Grand-Prêtre m'avait appris les formules qui paralysent les esprits et celles qui les anéantissent à jamais...

Je glissai furtivement ma main à l'intérieur de mon habit et tirai mon poignard. Au moment où la lame pénétrait dans le cou de Lady Barbara et y creusait le couloir de la mort, un vacarme assourdissant emplit la Colline Bleue. Lady Barbara poussa un cri déchirant qui me transperça de part en part et je me pliai en deux, les bras collés au ventre.

Des centaines de bras m'assaillirent et je fus projeté par terre. On me piétinait, on me mordait, mes chairs étaient labourées par des dizaines d'ongles, on fouillait tout mon corps et des choses affreuses m'emplissaient la bouche et le nez. Mais une voix s'éleva au milieu de la cohorte, qui criait de me laisser la vie sauve. Le calme revint peu à peu et je vis que Lady Barbara se tenait debout à côté de moi, le poignard planté à la base du cou.

«Je savais que tu voulais me tuer, dit Lady Barbara. Mais toi, osais-tu croire qu'un être aussi vil et stupide que toi arriverait jamais à me vaincre, moi, la femme la plus puissante de la première Confrérie de Droite? C'est la première fois qu'on tente de m'assassiner et l'aventure m'amusait. Je t'ai laissé une chance. J'ai joué le jeu jusqu'au bout. Tu as failli dans ta mission, mon garçon. Regarde, je suis encore vivante malgré cela!» Et ce disant, Lady Barbara arracha le poignard de son cou et le lança au loin. Je me mis alors à réciter les formules que m'avait enseignées le Grand-Prêtre: «Ô toi, grand M'Ghara, dieu aux six bras, et toi Belzébuth le Tout-Puissant; ô vous les Whorugoth-Shala, rois des ténèbres...

— Cesse ces litanies grotesques, coupa Lady Barbara, le temps presse! Le Grand-Prêtre devrait arriver incessamment et je ne veux pas le rencontrer tout de suite. Je te laisse la vie sauve pour que tu racontes ce que tu as vu.» En parlant ainsi Lady Barbara agitait ses bras vers le ciel et ses jambes esquissaient sur la route d'étranges pas de danse. Une musique bizarre venue de je ne sais où accompagnait sa danse et bientôt d'horribles voix gutturales se mirent à répéter toutes ses phrases en les chantant sur un rythme barbare et inconnu...

«Sache, criait Lady Barbara.

— Sache, répétaient des milliers de voix…

— …que Lady Barbara se retire dans son royaume et que la guerre est à jamais déclarée entre l'Univers et Moi ! »

Lady Barbara se mit à rire et des milliers, des millions de voix se joignirent à la sienne. Je vis alors avec stupéfaction que deux longues ailes avaient poussé sous les bras de Lady Barbara et que ses jambes se tordaient d'une façon effrayante pour enfin former deux pattes d'oiseau.

La tête de Lady Barbara s'allongea pendant qu'un bec lui poussait à la place de la bouche. Son corps se couvrit de plumes et, au bout de quelques instants, sa voix se transforma en un désagréable croassement de corneille. Lady Barbara continuait quand même sa danse effrénée pendant que les voix devenaient de plus en plus nombreuses et plus fortes. La dernière chose dont je me souvienne est d'avoir entendu une voix — la voix du Grand-Prêtre, je crois — qui criait : « Elle s'est échappée ! Lady Barbara s'est échappée ! Tout est perdu ! Il a failli dans sa tâche. Honte ! Honte sur lui ! Regardez, les étoiles se sont éteintes sur son passage et son ombre couvre tout le ciel ! »

*
* *

« Vous pouvez faire de moi tout ce que vous voulez. Je n'ai même plus la force de me défendre. Je ne veux plus qu'on me pose de questions. Vous saurez que j'ai raison lorsque le ciel s'emplira d'êtres monstrueux et d'immenses cavaliers en robe blanche qui combattront jusqu'à la Fin. Jusqu'à ce qu'il ne reste plus rien. Plus rien que Lady

Barbara dans son fauteuil roulant, un livre posé sur les genoux, un sourire méchant aux lèvres. Plus rien que Lady Barbara qui vous prendra au creux de sa main et qui vous écrasera.

1965

Angus ou la lune vampire

Je me souviendrai toujours d'Angus.

Je me souviendrai toujours de son sourire et de ses mains qui couraient au bout de ses gestes.

Et de ses yeux.

Il ne montrait ses yeux qu'à moi. Ce n'est qu'à moi qu'Angus montrait ses yeux. Quand Angus regardait les autres, ce n'est pas ses yeux qui regardaient, c'étaient les yeux de l'Autre. Moi seul ai connu les vrais yeux d'Angus. Parce que moi seul savais.

*
* *

Il venait souvent chez moi, après, quand tout était fini.

Il était toujours très heureux dans ces moments-là. Il souriait et nous évitions de parler de cela. Mais, parfois, un peu de sang coulait au coin de ses lèvres et je frémissais.

*
* *

Ce soir-là, je n'attendais pas Angus. Pourtant la lune était à son plein. Il m'avait dit qu'il s'abstiendrait, cette fois-ci. «Je veux me prouver que je peux lui résister», m'avait-il dit. «Demain soir, la lune sera pleine et elle viendra me chercher. Mais je lui résisterai. Tu verras! Je ne viendrai pas, demain soir. Je resterai chez moi. Je lui dirai non.»

Il est arrivé à bout de souffle, les yeux hagards, des yeux que je ne connaissais pas, et il tremblait à faire pitié.

«Je viens me réfugier chez toi», me dit-il dès que j'eus ouvert la porte. «Vite, laisse-moi entrer. Elle n'osera pas s'introduire dans ta maison. Elle sait que tu connais son secret. Mon secret.»

Il resta debout au milieu du salon et je vis ses dents de loup pour la première fois.

Deux longs crocs sortaient de sa bouche qu'il ne pouvait fermer qu'à demi. «Je t'avais juré que tu ne me verrais jamais dans cet état, souffla-t-il. Je te demande pardon d'être venu. Mais elle allait gagner la partie: Toi seul peux m'empêcher de faire cette chose atroce! Je t'en supplie, retiens-moi, je deviens fou! Mon désir est intolérable! Retiens-moi! Retiens-moi!»

Il se jeta dans mes bras en sanglotant.

J'avais peur. Oui, j'ai eu peur d'Angus à ce moment-là. De sentir ses crocs si près, si près des veines de mon cou me remplissait d'effroi. Angus le comprit car il me repoussa tout à coup en criant: «Éloigne-toi! Non, pas toi! Pas toi! Il ne faut pas que je sois trop près de toi! Il ne faut pas qu'un malheur t'arrive!

— Elle ne viendra pas ici, dis-je.

— Tu ne la connais pas! répondit-il.

— Tu as dit toi-même, tantôt...

— Elle peut trouver un moyen... Non, je ne crois pas... Elle ne viendra pas. Pas jusqu'ici.

— Assieds-toi... Repose-toi un peu.

— Non. Je dois me tenir prêt!»

70

*
* *

Minuit.

Elle était là, dans la fenêtre, et elle regardait Angus.

Angus pleurait.

— Même ton amitié ne peut plus rien contre elle, dit-il soudain. Je suis perdu.

Il fit quelques pas vers la fenêtre.

— Arrête ! criai-je. Je peux encore te sauver ! Tant qu'elle sera à l'extérieur de la maison, elle ne peut rien contre toi...

— Ses yeux, regarde ses yeux ! Ils m'ordonnent de sortir de ta maison. Ils m'attirent au-dehors. Je ne peux plus résister... Je dois sortir !

Il était presque arrivé à la fenêtre et déjà il tendait le bras pour l'ouvrir.

Je me précipitai sur lui et le pris dans mes bras.

— Pose ta tête sur mon épaule, criai-je, elle ne pourra pas t'arracher de mes bras !

— Mais ton cou ! Ton cou ! sanglotait Angus.

— Si tu dois vraiment faire cela cette nuit, c'est moi que tu prendras ! répondis-je en tremblant.

Je l'entendais rire au-dehors, elle. Comme elle riait ! Elle savait bien qu'elle nous vaincrait, à la fin.

Nous combattîmes toute la nuit.

Je serrais Angus très fort sur ma poitrine et je lui parlais doucement à l'oreille.

Angus s'était tourné la tête du côté du mur pour ne pas voir mon cou. Il respirait très fort et semblait souffrir atrocement. « Laisse-moi partir, me disait-il parfois, nous ne pouvons pas être plus forts qu'elle. Je suis ce que je

71

suis et je dois faire ce qu'elle me dit de faire. À la prochaine lune, peut-être... j'essaierai encore... À la prochaine lune...» Je lui disais de se taire. Qu'il fallait que ce
fût cette nuit ou jamais...

Et nous résistâmes jusqu'au petit matin.

Quand la nuit commença à mourir, Angus me regarda enfin mais son émotion l'empêchait de parler et il
ne me remercia pas.

Mais je desserrai mon étreinte trop tôt. Elle n'était
pas encore partie! Nous avions cru que le soleil se levait
mais ce n'était qu'une autre de ses ruses. Elle était toujours là!

Et dès que j'eus ouvert les bras, une araignée entra
dans la maison.

Elle était grosse comme le poing et ses pattes velues
étaient démesurément longues. Elle marchait lentement,
hésitante, étendant ses pattes autour d'elle, avançant silencieusement.

Je la vis tout de suite.

— Ne te retourne pas! criai-je à Angus.

Il était trop tard.

Angus avait aperçu l'araignée, lui aussi. Il semblait
hypnotisé par elle et ne bougeait plus. L'araignée avançait
vers lui.

Il ne fallait pas que l'araignée atteignît Angus. Il
fallait agir... La tuer. Oui, la tuer.

J'enlevai une de mes chaussures et m'approchai de
la bête très doucement.

Angus ne bougeait pas. De grosses sueurs coulaient
sur son front. Son regard était horrifié.

Je levai brusquement le bras et donnai un violent
coup de talon sur l'araignée. Elle s'écrasa sur le tapis avec
un bruit sec. Un liquide épais et jaune jaillit de son corps

et me salit la main. Elle resta immobile quelques instants. Je la croyais morte. J'allais lui appliquer un second coup de talon lorsqu'elle se remit à bouger.

Elle se traînait vers Angus, le corps écrasé, les pattes cassées ; elle se traînait sur le tapis, laissant derrière elle une écœurante trace jaune et rouge.

Je me jetai sur elle et me mis à la frapper sauvagement. Mais elle avançait toujours. Toujours vers Angus qui la regardait...

« Sauve-toi, Angus ! criai-je. Sauve-toi ! Il ne faut pas que cette bête t'atteigne ! » Et je frappais toujours l'araignée qui continuait quand même d'avancer.

Quand elle atteignit Angus, ce n'était plus qu'un paquet d'une matière visqueuse et puante dont on ne distinguait ni le corps ni les pattes.

Je m'arrêtai de la frapper et la regardai monter le long de la jambe d'Angus. Angus ne la regardait plus. C'est moi qu'il regardait. Et son regard n'avait plus aucune expression.

1963

Maouna

Voilà. C'est fait. Je suis morte. À l'envers. Je suis morte à l'envers. Se sont enfuies aux quatre vents les cendres de mon corps et il ne reste plus rien de moi, que moi.

Vous ne le savez pas encore, vous qui m'avez tuée, mais je suis toujours debout sur le bûcher et je vous regarde de mes mains si longues. Oh ! comme je vous ai haï et comme je vous hais encore. Vous ne le savez pas encore, vous qui l'avez tuée, mais Maouna est plus vivante que jamais. Les flammes de votre bûcher n'ont pas tué Maouna. Maouna est immortelle. Je suis immortelle. Mon corps n'est plus, mais je demeure. Plus terrible et plus méchante, plus laide et plus redoutable que je ne le fus jamais !

Allez, dansez, faites des rondes autour de mon bûcher ; riez, chantez des ballades où il est question de Maouna, la sorcière, qui mangeait des petits enfants et qui faisait se damner les curés ! Croyez-vous qu'il suffise de faire brûler Maouna pour que Maouna disparaisse à jamais ?

Je suis toujours au milieu de vous et ces fêtes que vous préparez en l'honneur de ma mort, c'est moi qui les dirigerai ! Cette ronde de salut que vous dansez si bien se transformera bientôt en ronde infernale. Le sabbat est proche. Et vous dansez autour !

La lune est ma sœur et les marées m'écouteront.

Maouna n'est plus celle qu'on frappe.

Maouna n'est plus celle qu'on insulte.

Maouna n'est plus celle qu'on maudit.

Maouna n'est plus.

Vous connaîtrez la peur. La peur sera votre pain. Et vous en mourrez ! Tous, vous mourrez de la peur que je vous aurai infusée ! J'ai les dents longues et mon venin est mortel.

Votre univers sera grouillant de vers et de sauterelles et les fous seront les plus sensés ; et des nuages tomberont des épines ; et les femmes allaiteront des sangsues ; et les églises seront remplies de vermines ; et les routes ne se croiseront plus ; et le vin goûtera le fiel ; et toutes les bêtes vous domineront parce que je l'aurai voulu !

Je ne suis pas folle, je n'ai plus de corps !

Mais j'ai encore peur des araignées.

Vous m'avez fait mal. Vous m'avez fait mal dans mon corps ! Mais j'ai encore peur des araignées.

Vous m'avez fait mal. Vous m'avez fait mal dans mon corps. Vous m'avez fait mal dans mon âme qui existait peut-être. De gris, mes cheveux étaient devenus noirs et j'avais froid. Jamais vous n'avez été bon pour Maouna. Je souffre au passé, vous souffrez au futur. Quant au présent, il ne nous appartient pas.

Il m'appartient de me venger et vous avez le droit de subir ma vengeance.

Vous ne m'entendez pas ? Votre corps vous sert encore de barrière ou est-ce que vous ne voulez pas encore m'entendre ? Je ne veux pas qu'on ne veuille pas une chose que je veux ! Et je veux que vous m'entendiez !

Regardez, mais regardez-moi donc ! Vous ne me voyez pas ? Je suis là ! Debout au milieu de ce qui fut mon bûcher! Regardez, j'ai les bras pleins de calamités et les yeux vides!

Mais peut-être n'êtes-vous pas prêts? Peut-être préférez-vous attendre après cette fête que vous préparez si gaiement? Votre dernière fête, je vous l'offre. Mais ce sera une fête à ma façon.

Et, tout de suite après, nous nous mettrons à l'œuvre, vous et moi. Moi, pour châtier, vous, pour souffrir. Et quand vous m'entendrez rire, vous saurez que je suis enfin heureuse.

Je porterai un long voile noir qui couvrira le ciel, et le soleil sera pris dans mes filets. Enfin, je serai libre! Libre! De courir et de rire. De m'étendre sur les montagnes. Et de chanter. Je serai libre et vous serez mes esclaves! Maouna sera la maîtresse du monde! Maouna sera votre Dieu!

Malgré tout, j'aimerais bien dormir, un peu.

1964

La treizième femme du baron Klugg

«Karla von Kleiber, voulez-vous prendre pour époux...»
Comme ses doigts étaient effilés! «...voulez-vous prendre
pour épouse Karla von Kleiber, ici présente...» Et comme
ses mains étaient puissantes! «Que Dieu bénisse votre
union...» Mais pourquoi était-ce si long? «Karla, tu n'y
penses pas! Il y a déjà eu douze baronnes Klugg...» Pourquoi ne mourait-elle pas tout de suite? «Elles ont toutes
disparu dans des circonstances étranges...» De l'air! De
l'air! «Voulez-vous prendre pour épouse... pour épouse...»
Ah! comme ses doigts étaient longs! «Je l'aime tellement, maman! Il est si bon pour moi!» La vie ne voulait
pas sortir de son corps. «Mais c'est peut-être un criminel,
ma fille!» La vie refusait de sortir de son corps.

Et puis...

Enfin! Enfin! Elle venait! La mort était là!

Et ce fut doux, comme un évanouissement...

Quand tout fut fini, le baron Klugg remit le portrait
en place et s'en fut tranquillement se coucher.

*
* *

La baronne avait peur.

79

Quand il s'était approché d'elle, quand il avait posé ses lèvres sur son front, quand il avait caressé sa nuque de ses mains si douces, la baronne n'avait rien vu.

Mais lorsque, avant de sortir de la chambre de sa femme, il s'était retourné pour la regarder, la baronne avait vu. Oui, elle avait vu ce regard féroce, ce regard inhumain qui voulait la défigurer. La baronne avait senti que son époux voulait déchirer son visage avec ses yeux.

Elle avait verrouillé la porte de sa chambre et s'était couchée en laissant une veilleuse. Au milieu de la nuit, à l'heure où le grand hibou du jardin partait en chasse, la baronne avait entendu du bruit dans le corridor.

Elle était sûre de ne pas avoir rêvé. Et elle avait peur.

Pourtant, maintenant, au milieu de ce bal, son mari était à côté d'elle et il plaisantait en la tenant par le bras. Son mari qui, la nuit précédente...

La baronne avait peur.

C'était un bruissement de pas étouffés. Des pas qu'on étouffe. Qui donc marchait ainsi dans le corridor au milieu de la nuit ? Un oiseau, au-dehors, avait lancé un cri de détresse et le grand hibou avait passé devant la fenêtre en riant. La baronne s'était levée et s'était approchée de la porte.

Mais à qui pouvait-elle demander de l'aide, à ce bal ? Tous ces gens avaient peur du baron Klugg, c'était connu... Personne n'oserait...

Les pas s'étaient arrêtés devant la porte de sa chambre. Longtemps elle avait écouté, l'oreille collée à la porte. Mais rien ne bougeait plus. Pourtant, ce souffle, cette respiration... Il était là !

Le baron Klugg se tourna vers sa femme :

— Qu'avez-vous, Karla, vous semblez songeuse...

— Rien, mon ami, rien... une migraine.

— Préférez-vous que nous rentrions tout de suite?

— Non! Non! J'aime mieux rester ici.

Le baron Klugg fronça les sourcils. Elle avait prononcé ces paroles sur un ton tellement étrange... Se douterait-elle...

Soudain, juste à côté de sa tête, le bouton de la porte s'était mis à tourner. Lentement. La baronne avait regardé tourner le bouton de la porte, et le temps qu'il avait pris pour faire un demi-tour lui avait paru long... long...

La baronne avait peur.

La baronne tremblait.

— Vous avez froid, Karla?

— Oui, un peu.

Il l'aida à mettre son écharpe sur ses épaules et la prit par la taille. Mais sa caresse n'était-elle pas un peu trop brusque? Ne serait-il pas un peu trop fort sa taille?

— Vous me faites mal!

Le comte et la comtesse Mirmf rirent.

Elle était certaine de l'avoir entendu jurer quand il s'était aperçu que la porte était verrouillée. Le baron Klugg avait juré quand il s'était aperçu que la porte de la chambre de sa femme était verrouillée.

Le rossignol avait lancé son dernier cri de détresse et le hibou s'était arrêté de rire. Il dévorait gravement sa proie, scrutant la nuit de ses yeux immenses.

Le baron Klugg s'était éloigné. La baronne avait pleuré. Non pas qu'elle eût de la peine mais... elle commençait à croire que ce que les gens disaient de son mari était exact.

Elle aurait tant voulu demander du secours à quelqu'un! Mais à qui? Prétextant un léger étourdissement, elle demanda au baron et au comte de bien vouloir l'excuser et elle emmena la comtesse Mirmf avec elle.

— C'est vrai, lui dit cette dernière quand elles furent un peu à l'écart, c'est vrai que vous n'avez pas l'air bien. Quelque chose ne va pas ?

— Connaissez-vous quelqu'un qui fasse partie de la police ? demanda subitement la baronne Klugg.

— Comment ? La police ? Mais, ma chère, nous ne fréquentons pas ces gens-là, nous !

Et elle s'en fut raconter à tout le monde que la baronne Klugg voulait faire la connaissance de gens de la police.

Mais, au lieu de rire, les gens regardèrent le baron et la baronne Klugg d'une curieuse façon. «Une autre, disait-on, une autre qui disparaîtra dans des circonstances étranges... Mais c'est la première qui a le courage de prononcer le mot police. Elle paiera cher son audace, la pauvre.»

Le baron et la baronne Klugg quittèrent le bal quelques minutes plus tard, le baron ayant trouvé sa femme très changée, très pâle, tout à coup...

Elle ne voulait pas retourner dans ce château. Elle ne voulait pas se retrouver seule avec son mari. Elle ne voulait pas retourner dans ce château. Elle ne savait pas ce qui l'attendait ; mais quelque chose lui disait qu'elle ne devait pas rentrer dans ce château. Plus jamais. Ou alors qu'elle n'en ressortirait plus. Jamais. Jamais plus.

— Vous êtes songeuse, Karla.

La baronne avait crié.

— Et beaucoup trop nerveuse.

Décidément, le carrosse allait trop vite.

— Je ne puis demander au cocher d'aller moins

vite, Karla, je suis extrêmement pressé. J'ai quelque chose à vous montrer.

Ils arrivèrent au château.

Que ce château était détestable, dans l'obscurité ! La baronne n'avait jamais aimé ces retours de bals ; elle n'aimait pas voir le château de son époux dans la nuit. Toutes ces tours carrées, toutes ces fenêtres fermées et sombres, toutes ces portes closes et abandonnées depuis des années la faisaient frissonner. Que ce château était sinistre, qui abritait le baron et la baronne Klugg ! Et la baronne Klugg, c'était elle. Karla. Karla était son nom. Karla von Kleiber, baronne Klugg.

Sa tête tournait.

« La baronne Klugg est disparue mystérieusement la nuit dernière... Karla von Kleiber, treizième baronne Klugg, est allée rejoindre les douze autres dans la tombe... Une enquête est ouverte. »

— Vous ne m'écoutez pas, mon amie !

La baronne sursauta et s'aperçut qu'ils étaient à l'intérieur du château.

Le baron s'approcha d'elle et la prit dans ses bras.

— Vous tremblez. Vous avez peur ?

Elle dit qu'elle avait froid.

Tout autour du hall, les douze premières femmes du baron Klugg la regardaient et lui souriaient de leurs sourires figés. La baronne avança afin de les regarder toutes, chacune à son tour. Elles avaient toutes les cheveux blonds, les yeux bleus et le cou long. Elles lui ressemblaient toutes. Elle l'avait déjà remarqué, mais c'est seulement maintenant que cela lui faisait peur.

Elle sentait que son mari la regardait. Peut-être avec le même regard que la veille !

Elle se retourna brusquement.

Le baron n'était plus là.

Elle resta immobile, seule au milieu du hall. Seule avec les douze tableaux de femmes mortes qui la regardaient en souriant. Pourtant elle avait nettement l'impression que son époux la regardait, lui aussi. Elle sentait que son mari l'épiait, caché derrière un pilier ou une tenture. Elle n'osait pas bouger. Tout à coup, elle se souvint que le baron lui avait dit qu'il avait quelque chose à lui montrer... Son cœur se serra davantage.

Au même moment, les lumières du hall s'éteignirent.

La baronne sentit un frôlement sur sa main et elle cria.

Elle entendit comme un glissement. Comme si quelqu'un eût traîné une chose très lourde sur le parquet... Comme un glissement. Comme un corps que l'on traîne. Peut-être était-ce son corps. Déjà ! Déjà elle sentait qu'on traînait son corps et qu'on le déposait...

Dans le coin le plus sombre de la pièce, là où la noirceur était plus opaque, plus épaisse, le glissement cessa. Une faible lueur troua les ténèbres. Juste un petit trou de rien. Un petit trou de lumière dans la mer noire des ténèbres. Un petit trou de rien. Une petite lumière frileuse et sale qui se mouvait de gauche à droite, de haut en bas.

La baronne Klugg, les yeux grands ouverts, se dirigea lentement vers cette lueur.

Un chuchotement.

— Viens, j'ai quelque chose à te montrer. Viens, Karla, approche. Plus près. Plus près. Venez, Karla von Kleiber, treizième baronne Klugg, approchez. Plus près. Encore. Plus près.

Il faisait noir. La baronne Klugg étendit les bras devant elle pour éviter de se cogner aux meubles. Quand elle fut tout près de la petite lueur, ses mains touchèrent une chose mouillée, étendue verticalement devant elle. La baronne retira vivement ses mains et les essuya sur sa robe.

Alors, une dizaine d'autres lueurs vinrent s'ajouter à la première et la baronne Klugg vit son époux à côté d'elle, un très gros chandelier à la main, qui lui souriait. «Regardez, lui dit le baron, j'ai fait votre portrait.»

À deux pas devant elle, un immense portrait. Une longue robe blanche. Une main posée sur la robe. L'autre sur le dossier d'un fauteuil. Un portrait en tous points semblable aux douze autres. Un sourire figé. En tous points semblable aux douze autres. Et ce regard! Ce regard bleu qui semblait appeler à l'aide!

Le portrait était encore tout frais.

— J'ai fait votre portrait, répéta le baron Klugg.

La baronne avait les mains barbouillées de peinture et les essuyait sur sa robe blanche.

Le baron Klugg déposa son chandelier sur le sol.

Il prit Karla par la main et l'attira loin du portrait.

— Regardez, dit-il, comme il vous ressemble. Regardez comme vous leur ressemblez.

Un chandelier s'alluma sous chacun des douze tableaux et la baronne vit, au bout de la série de portraits, un trou dans le mur.

— C'est là que je déposerai votre corps, chuchota son époux.

Cependant que l'effroi glaçait le cœur de la baronne, le baron Klugg s'approcha du premier tableau de la série et appuya sur un de ses coins. Le tableau se déplaça sans bruit.

Tout se mit à tourner autour de Karla. Elle ferma les yeux et porta ses mains à sa gorge. Elle ouvrit la bouche pour crier mais ne put articuler un son. Derrière le tableau, cloué au mur et recouvert d'une longue robe blanche, le squelette de la première femme du baron Klugg riait silencieusement. Quand elle ouvrit les yeux, les douze tableaux étaient déplacés et douze squelettes la regardaient en riant. Une odeur suffocante de pourriture emplissait la pièce.

— Vous leur ressemblez déjà, murmura le baron Klugg.

Tous les chandeliers s'éteignirent et la baronne se mit à courir...

1964

Monsieur Blink

Monsieur Blink était stupéfait. Quelle était donc cette plaisanterie? Qui avait osé... Devant lui, sur le mur de bois longeant la rue des Cèdres, une immense affiche était collée et, au milieu de cette affiche, monsieur Blink lui-même «se» souriait. Au-dessus de sa photo, en lettres majuscules grosses comme ça, une phrase renversante, une phrase qui fit sursauter monsieur Blink, était imprimée en rouge violent: «Votez pour monsieur Blink, le candidat de l'avenir!»

Monsieur Blink enleva ses lunettes, les essuya nerveusement, les remit sur son nez et regarda l'affiche de nouveau.

La peur le prit. Il se mit à courir et s'engouffra dans le premier autobus qui vint à passer. «Non, c'est impossible, se disait monsieur Blink, j'ai rêvé! Il faut que j'aie rêvé! Moi, candidat?»

Depuis des semaines on parlait de ces fameuses élections. On disait que ces élections-là seraient sûrement les élections les plus importantes du siècle. Les deux grands partis du pays allaient se livrer une lutte à mort, c'était certain.

Monsieur Blink tremblait. Il essaya de lire son journal, mais il ne parvint pas à fixer son esprit sur les petits caractères noirs qui lui semblaient des mouches en délire plutôt que des lettres.

Depuis des semaines, on parlait de ces fameuses élections. « Voyons, j'ai dû mal voir ! » Les élections les plus importantes du siècle. Sûrement les élections les plus importantes du siècle. « C'est une plaisanterie. » Les élections les plus... Il cria. En page centrale, l'affiche la plus grosse qu'il eût jamais vue dans un journal, en page centrale, pleine page, il était là... Monsieur Blink était là et « se » souriait. « Votez pour monsieur Blink, le candidat de l'avenir ! » Il ferma son journal et le lança par la fenêtre.

Juste en face de lui, un petit garçon se pencha vers sa mère et lui dit : « Maman, regarde, le monsieur de l'affiche ! » En reconnaissant monsieur Blink, la mère du petit garçon se leva et se précipita sur le pauvre homme qui crut mourir de peur. « Monsieur Blink, s'écria la dame en s'emparant des mains de l'homme, monsieur Blink, notre sauveur ! » Elle embrassait les mains de monsieur Blink qui semblait au bord d'une crise de nerfs. « Voyons, madame, murmura-t-il enfin, je ne suis pas votre sauveur... » Mais la femme criait comme une folle : « Vive monsieur Blink, notre sauveur ! Vive monsieur Blink, le candidat de l'avenir ! » Tous les gens qui se trouvaient dans l'autobus répétaient en chœur : « Vive monsieur Blink... »

À une pharmacie voisine de sa demeure, monsieur Blink acheta des cachets d'aspirine. « Alors, lui dit le pharmacien, on fait de la politique, maintenant ? » À sa boutonnière, il portait un ruban bleu sur lequel était écrit en rouge...

Sa concierge l'arrêta. « Monsieur Blink, lui dit-elle, vous n'auriez pas, par hasard, un billet à me donner pour votre grand rassemblement de ce soir ? » Monsieur Blink faillit dégringoler les quelques marches qu'il avait montées. Un rassemblement? Quel rassemblement? Mais voyons, il n'avait jamais été question d'un rassemblement! « Petit cachotier que vous êtes! J'aurais dû me douter qu'il se passait des choses importantes derrière cette caboche! Vous pouvez vous vanter de nous avoir causé toute une surprise, à mon homme et à moi... »

Ce soir-là, monsieur Blink ne dîna pas. D'ailleurs, il l'eût voulu qu'il ne l'eût pu. Le téléphone ne cessa de sonner. Des admirateurs qui voulaient savoir à quelle heure il arriverait au grand rassemblement. Monsieur Blink crut devenir fou. Il décrocha le récepteur, éteignit toutes les lumières de son appartement, mit son pyjama et se coucha.

La foule réclamait son sauveur à grands cris. On parlait même de défoncer la porte s'il ne répondait pas dans les dix minutes... La concierge dit alors une chose terrible, une chose qui faillit produire une émeute : « Monsieur Blink est peut-être malade », dit-elle à un journaliste. Dix secondes plus tard, la porte de monsieur Blink était enfoncée et la foule portait en triomphe son sauveur en pyjama. On trouva son costume bien original. Que sa publicité était donc bien faite! Quelques hommes retournèrent même chez eux pour enfiler leur pyjama. Des femmes en chemise de nuit sortirent dans la rue et suivirent le cortège en chantant des cantiques. Sidéré, le pauvre monsieur Blink n'osait pas bouger, installé qu'il était sur les épaules de deux des journalistes les plus éminents du pays.

Le rassemblement fut un triomphe. Monsieur Blink ne parla pas.

Le nouveau parti, le parti du peuple, le parti de monsieur Blink, éclatait dans la vie politique du pays comme une bombe. On hua les vieux partis et on cria que l'esclavage était fini, grâce à monsieur Blink.

B-L-I-N-K. Blink ! Blink ! Blink ! Hourra ! Fini, les majorations d'impôt, monsieur Blink allait tout arranger. Fini, le grabuge politique, monsieur Blink allait tout arranger. Fini, les augmentations du coût de la vie... Blink ! Blink ! Blink !

Une seule fois monsieur Blink tenta de se lever pour prendre la parole. Mais la foule l'acclama tellement qu'il eut peur de la contrarier et se rassit.

On le gava de champagne et monsieur Blink finit lui aussi par se croire un grand héros. En souvenir de cette soirée mémorable, monsieur Blink rapporta chez lui une gigantesque banderole sur laquelle était inscrit en lettres de deux pieds de haut...

Le lendemain, monsieur Blink était élu premier ministre de son pays.

1964

La danseuse espagnole

Il n'y a pas de jour en Espagne.

Elle était comme une longue flamme vierge et brillante, ma danseuse espagnole. Elle léchait tout mon corps et le laissait brûlé, meurtri à mort, ma danseuse espagnole. Elle dansait comme le feu, elle dansait dans le feu, ma danseuse espagnole. Elle se tenait debout dans le vent et criait qu'elle était libre, ma danseuse espagnole.

Il n'y a pas de jour en Espagne.

Et moi qui la cueillais toutes les nuits, et moi qui mourais d'elle toutes les nuits, et moi qui la regardais danser dans le feu, dans le vent toutes les nuits, je savais qu'elle ne serait jamais à moi parce que je n'étais pas espagnol.

Il n'y a pas de jour en Espagne.

Dans le ciel barbouillé de noir, la lune crevait de bonheur et laissait couler son lait sur la mer endormie. Dans les yeux des gitans se mêlaient des orgies de couleurs. Et des milliers de talons martelaient mon cerveau en extase.

Il n'y a pas de jour en Espagne.

Ses longs bras blancs se tendaient dans la nuit et ses mains cruelles déchiraient le ciel en lambeaux. Et moi, je la regardais danser dans la nuit espagnole, ma danseuse espagnole. Et quand elle arrêtait ses yeux sur moi, son regard me mordait à l'oreille et je frissonnais de joie.

Il n'y a pas de jour en Espagne.

Elle avait une façon bien à elle de m'appeler « étranger » qui me remplissait de bonheur et d'espoir. Mais les gitans ses frères ne m'aimaient pas. J'ai vu le grand Manuel, son père, lui parler une nuit en me regardant de ses yeux de charbon. Et je l'ai vue, elle, sourire — oh ! comme ses dents étaient blanches, oh ! comme ses dents étaient blanches — et répondre à son père « si » par deux fois.

Il n'y a pas de jour en Espagne.

Elle s'est approchée de moi, ma danseuse espagnole, et elle a posé sa main sur mon épaule. Elle a dit : « Viens avec moi, étranger. » Et je l'ai suivie. Pourtant, je savais que je ne pourrais la garder, je savais qu'elle ne serait jamais à moi, parce que je n'étais pas espagnol.

Il n'y a pas de jour en Espagne.

J'ai vu le grand Manuel cracher dans le feu, oui, je l'ai vu cracher dans le feu et pourtant je suis quand même entré avec elle dans la maison. Et j'entendais les gitans, ses frères, qui chantaient en pleurant. Et j'entendais les guitares qui gémissaient des flots de détresse. Et j'entendais mon cœur qui me disait que j'allais mourir. Je savais que j'allais mourir. Pourtant, je me suis couché dans son lit. Et j'ai vu le poignard qui brillait dans sa main. Et j'ai revu ses dents blanches. Mais elles n'étaient plus blanches. Elles étaient rouges, rouges, rouges, ses dents étaient rouges ! Et j'ai vu la lame qui s'enfonçait en moi. Et j'ai vu sa bouche qui saignait en même temps que la mienne. Et j'ai vu la douleur s'abattre sur mon corps comme une chienne enragée.

Il n'y a pas de jour en Espagne.

Mon corps gît quelque part en Espagne, dans la nuit espagnole. Et mon âme...

1963

Amenachem

J'irai dans l'île aux oiseaux. J'irai dans l'île aux oiseaux et je dirai à Amenachem, la sorcière verte : « Suis-moi, toi qui connais les secrets de la magie noire ; toi, Amenachem-la-laide, qui surprends les dieux et les démons dans leurs palais et t'introduis auprès d'eux sous forme de mouette ou de crapaud ; viens, suis-moi sur le continent, j'ai besoin de ton aide. Je te donnerai tout ce que tu voudras : les trésors fabuleux, les richesses incalculables que je cache dans mes caves ; mes châteaux les plus somptueux et mes terres immenses ; et mon âme. Veux-tu mon âme, sorcière infâme ? Je te la donne. Prends, prends mon âme, elle t'appartient si tu consens à guérir ma fille ! »

Si elle refuse, la chienne, je lui arracherai la langue et les ongles ; je lui crèverai les yeux ; je lui briserai les membres et lui tordrai le cou.

Mais si elle accepte, la sainte femme, je ferai d'elle la femme la plus riche, la plus adulée de la terre ; je la noierai sous une mer de scintillants bijoux, de douces soieries et de capiteux parfums...

Je sais pourtant qu'il est défendu de se rendre dans l'île aux oiseaux et que très peu parmi ceux qui s'y sont rendus en sont revenus saufs. Mais il y va du bonheur de ma fille ! Je suis prêt à perdre l'esprit, je suis prêt à vendre mon âme pour que mon enfant guérisse de ce mal odieux qui l'embellit trop. Ma fille ne peut être heureuse avec un autre homme que moi ! Son bonheur est avec moi et c'est moi qu'elle aimera ! Il faut lui arracher du cœur cet amour qu'elle prétend vouer à ce prince de malheur qui vint chez moi l'an dernier et qui me ravit l'amour de ma fille d'un seul regard ! Ma fille oubliera cet homme, je le veux !

Seule Amenachem, la magicienne maudite, peut guérir mon enfant et l'introduire dans mon lit. J'irai dans l'île aux oiseaux, dût-il m'en coûter mon salut !

*

*   *

C'était une toute petite île. J'étais déçu. Je m'attendais à quelque chose de terrible, de macabre... C'était une île toute simple, presque accueillante. Quelques arbres par-ci par-là, et beaucoup de verdure. Et des fleurs. Je me demandais pourquoi on l'avait baptisée « l'île aux oiseaux » : il n'y avait vraiment pas plus d'oiseaux là qu'ailleurs. J'entendais bien quelques gazouillements, mais était-ce là une raison suffisante pour baptiser cet endroit d'un tel nom ? J'avais cependant l'impression que ce paysage presque gai avait quelque chose de faux.

Les arbres, les fleurs et même les pierres qui, soit dit en passant, étaient d'un rose tirant sur le beige, couleur affreuse qui vous soulevait le cœur, tout avait l'air emprunté. Cela donnait l'impression d'une délirante imitation de la nature. Si j'avais su ! Ah ! si j'avais su !

Je trouvai assez facilement la cabane de la sorcière. Située à l'endroit le plus élevé de l'île, sur une colline chauve, la demeure d'Amenachem surplombait la mer et avait les yeux grands ouverts sur le large. Je frappai énergiquement à la porte. Amenachem elle-même vint m'ouvrir. La laideur de cette femme est légendaire ; même si je n'avais jamais vu cette femme que dans les yeux de ma mère lorsqu'elle me racontait des contes à me faire mourir de peur, je croyais savoir à peu près ce qui m'attendait. Mais Amenachem est infiniment plus laide, infiniment plus tordue et sale qu'on ne l'a jamais prétendu. « Qui es-tu, étranger ? me cria-t-elle dès qu'elle eut ouvert la porte. Ne sais-tu pas que cette île est maudite et que personne ne doit y mettre pied ? » Je ne répondis pas. J'en étais incapable. L'être que j'avais devant moi était tellement abject que je me demandai un instant si c'était là un être humain. « Ne me regarde pas comme ça, siffla Amenachem. Oui, je sais, je suis laide. Mais sache que si je le voulais... Et puis la beauté n'ajoute rien à ma puissance. Je préfère être laide pour qu'on se tienne loin de moi. Et qui sait, peut-être suis-je belle lorsque que je suis seule, lorsque je m'enferme dans ma maison avec mes secrets ! Peut-être suis-je belle aussi pour séduire ceux que je veux séduire ! » Amenachem était sortie de la maison et se tenait devant moi sur la route. « Il faut que tu sois bien malheureux, homme, pour venir visiter Amenachem dans son île, dit-elle après un silence. Il y a des mois, des années peut-être qu'on n'est pas venu me voir. J'ai vu un navire il y a trois semaines, tiens, juste là, au bout de mon doigt, tu vois ? Un navire égaré sans doute. Je l'ai coulé. Les distractions sont tellement rares par ici. Il faut m'excuser si je parle tant mais il m'arrive très rarement de converser avec un humain et je suis d'un naturel... causeur. Tu veux entrer dans ma maison ? C'est le meilleur endroit pour se confesser, crois-moi. Allons, viens. »

Je l'ai suivie. En refermant la porte derrière moi, j'avais l'impression d'effacer le monde entier ; d'effacer l'île aux oiseaux, la mer, la côte qu'on apercevait à l'horizon.

Il n'y avait plus que cette cabane qui existait et Amenachem, la sorcière qui l'habitait.

Et c'était vrai que j'avais effacé le monde derrière moi.

*
* *

Amenachem était très laide, mais jusque-là elle n'avait pas été terrible. Elle bavardait, bavardait, me racontant sa vie de tous les jours et me demandant des nouvelles du continent. «Tu sais, me dit-elle à un certain moment, la solitude me pèse, parfois. Alors je me trouve un compagnon... pour quelque temps.» Plus Amenachem était gentille avec moi — et elle l'était — et plus je sentais qu'elle mentait, plus je sentais que ses yeux me criaient qu'ils me haïssaient. Je conclus qu'Amenachem voulait gagner du temps. Pourquoi? Je n'aurais pu le dire.

Et ce n'est qu'à huit heures du soir que la sorcière devint terrible.

Lorsque les huit coups furent sonnés à la pendule qui trônait sur le foyer, Amenachem se leva brusquement et dit: «Bon, assez de gentillesse, passons maintenant à l'action. Je n'ai plus de temps à perdre. Que me veux-tu et que t'engages-tu à me donner en retour de mes services?» Juste à ce moment un violent coup fut frappé au carreau d'une fenêtre et Amenachem cria: «Qu'on ne me dérange pas, j'ai un visiteur! Vous reviendrez plus tard!» Quelque chose bougea de l'autre côté de la fenêtre et j'entendis les cris d'un oiseau. Le soleil était déjà couché et je ne pouvais rien distinguer de l'autre côté de la fenêtre. « Va-t-en ! » cria Amenachem. L'oiseau prit son vol. Il devait être énorme car ses ailes claquaient comme les voiles d'un très grand navire.

Amenachem semblait irritée par cette interruption et c'est d'une voix où perçait l'impatience qu'elle me demanda de nouveau ce que je lui voulais. Je lui racontai toute mon histoire, lui dis combien j'étais malheureux et combien j'aimais ma fille... Je lui dis ensuite que j'étais prêt à donner ma fortune si elle introduisait ma fille dans mon lit. Pendant que je racontais mon histoire, des choses se passaient à l'extérieur de la cabane. J'entendais des cris, presque des voix humaines, et on frôla très souvent la porte et les fenêtres. Cela semblait exaspérer Amenachem. Elle cria même à un moment donné : « Je vous ai déjà dit de faire votre besogne plus discrètement ! Je ne veux pas être dérangée, vous m'entendez ? »

Lorsque j'eus terminé mon histoire, Amenachem me dit : « Ce que tu me demandes là n'est pas si terrible. On m'a déjà demandé des choses beaucoup plus graves. Tu voudrais coucher avec ta fille et tu es prêt à donner ta fortune et même ton âme pour cela ? Ce n'est pas très brillant, mais enfin, si tu y tiens... J'accepte. Et, naturellement, en retour, je te demanderai des tas de choses. Tu comprendras lorsque tu reviendras chez toi. »

Amenachem se dirigea vers le foyer, prit une torche et l'enflamma. « Tiens cette torche pendant que j'éteins le feu du foyer », me dit-elle. Quand le feu fut éteint, il ne resta plus dans la cabane que la lumière de la torche qui faisait danser nos ombres sur les murs et le plafond. Amenachem reprit la torche et marcha jusqu'à la fenêtre. Elle fit quelques signaux, puis se tourna vers moi.

C'est alors que je vis la vraie Amenachem. Je ne peux pas dire qu'elle avait enlaidi, c'est impossible, mais elle s'était complètement transformée. Elle ne se retenait plus et laissait paraître toute la hideur de son âme de sorcière et toute sa haine aussi. De la voir ainsi devant la fenêtre, la torche à la main et un sourire horrible aux lèvres me fit peur, moi qui n'ai jamais peur de rien ! « Tu as peur, fit-elle enfin, tu as enfin peur ! Croyais-tu t'en tirer à si bon compte ? On demande un service à Amenachem, on lui donne quelques bijoux en retour et tout est dit. On oublie toute l'histoire et on vit heureux avec sa fille ! Eh bien non ! Amenachem est plus exigeante ! Je ne suis pas une vulgaire entremetteuse ! Je ne prends pas ce qu'on m'offre, je me paie moi-même ! »

La scène qui suivit est tellement étrange que je ne sais comment la décrire. Il ne m'en reste d'ailleurs que des souvenirs imprécis, fragments d'événements dont je ne suis pas certain qu'ils se sont produits...

Un violent coup fit craquer les pentures de la porte qui s'ouvrit toute grande, laissant s'engouffrer le vent dans la pièce. La torche s'éteignit et nous fûmes plongés dans l'obscurité. Je vis pourtant une ombre se profiler dans l'embrasure de la porte et pénétrer dans la cabane. La porte se referma. Je me réfugiai en tremblant dans un coin de la pièce. Je m'assis par terre et restai immobile jusqu'à la fin de la cérémonie qui suivit.

Pendant près de cinq minutes je n'entendis que des chuchotements. Au bout de ce temps des coups furent frappés à la porte. Amenachem ouvrit et deux ombres se faufilèrent à l'intérieur de la maison. L'une d'elles portait un fanal qui jeta quelque lumière dans la cabane, ce qui me rassura un peu. À la lueur du fanal, je vis qu'on avait poussé la table au centre de la pièce et qu'un oiseau encore vivant y était étroitement attaché. Il semblait résigné à son sort et ne bougeait pas.

J'essayai de distinguer les traits des trois visiteurs mais une cape cachait leurs formes et leurs visages. L'un d'entre eux était petit et marchait en claudiquant. Les deux autres étaient grands et semblaient glisser lorsqu'ils se mouvaient.

Toutes sortes de bruits nous parvenaient de l'extérieur. On aurait dit qu'une foule impatiente se massait devant la porte, attendant un événement très important... De temps à autre un des trois visiteurs allait à la fenêtre et scrutait la nuit.

Soudain, une grande clameur se fit entendre et Amenachem cria: «C'est l'heure! C'est l'heure où le grand Waptuolep passe dans le ciel sur son char d'or tiré par des oiseaux-hyènes!» Elle se jeta à genoux et ses compagnons firent de même. La clameur devenait assourdissante pendant qu'une lueur dorée pénétrait à flot par la fenêtre. J'entendis un bruit mille fois plus fort que le bruit du tonnerre. Amenachem et ses compagnons se bouchèrent les oreilles. Une autre formidable explosion fit trembler la maison et la lueur devint aveuglante. La porte s'ouvrit toute grande et je vis... enfin, pendant un quart de seconde à peine... je vis le grand Waptuolep lui-même... enfin, je ne suis pas sûr... ce que je vis était à la fois terrible et merveilleux... il me semble... mais ai-je vraiment vu Waptuolep, le dieu tout-puissant, le maître de tous les sorciers qui errent sur cette terre et dans l'autre monde? L'ai-je vraiment vu? Je perdis connaissance.

Lorsque je revins à moi, la cabane était de nouveau plongée dans l'obscurité, sauf qu'une petite lumière brillait sur la table, près de l'oiseau. Amenachem et ses trois compagnons chantaient un cantique dans une langue gutturale qui m'était inconnue. Lorsqu'ils eurent fini de chanter, ils allumèrent des torches. Amenachem se dirigea vers la table et détacha l'oiseau qui prit son vol et vint se percher sur ma tête.

Le plus petit des trois visiteurs s'approcha de moi. Il tenait un poignard dans sa main droite. Lorsqu'il fut devant moi il se pencha, s'empara de l'oiseau et lui trancha le cou. Le sang éclaboussa mon visage et je me mis à crier. Du sang pénétra dans ma bouche. Au même moment Amenachem hurla : «Qu'à l'instant même, par le pouvoir du grand Waptuolep, ta fille soit transformée!» Les trois visiteurs se mirent à geindre, à se plaindre, et Amenachem exécuta une danse frénétique autour de la pièce.

Alors, venant de très loin, peut-être du fond de mon âme, un cri atroce retentit; le cri d'une bête qu'on égorge, le hurlement d'une louve en furie. Cela dura très longtemps et me fit très mal. Ensuite... je ne me souviens pas très bien. Je me rappelle m'être levé brusquement, m'être dirigé vers la porte et l'avoir ouverte... Mais le spectacle qui s'offrit à mes yeux était tellement horrible, tellement invraisemblable aussi que je me demande encore si je n'ai pas été trompé par mon esprit dérangé... Ai-je seulement été dans l'île aux oiseaux, mon Dieu?

L'île était devenue très grande... Les arbres et la verdure avaient complètement disparu. Je ne voyais plus qu'un immense quartier de roc désert, battu par les flots d'une mer déchaînée. Et devant la maison se tenait la foule la plus affreuse qu'on puisse imaginer. Un rassemblement de monstres sortis du fond des mers et des cieux, des monstres venus de l'au-delà, de ces endroits où se réunissent des êtres appartenant à tous les univers... Et tous ces monstres me regardaient et me criaient des choses... Oh! Dieu, je voudrais tant que ce fût là un rêve! Le ciel était rempli d'oiseaux immenses qui criaient et qui fondaient sur moi...

J'ai couru pendant des heures, je crois, poursuivi par les monstres et les oiseaux... ensuite... je ne sais plus... Je me suis éveillé dans mon bateau. L'île était redevenue accueillante et des oiseaux chantaient.

Je suis encore sur mon navire. Je me dirige vers mon pays. Peut-être saurai-je, là, si j'ai rêvé ou non.

Ma fille m'attend.

*

* *

Malheur à moi ! Jamais je ne crierai assez fort, jamais je ne pleurerai assez pour apaiser la douleur qui me déchire et qui me brûle !

J'ai tout perdu ! J'ai perdu ma fortune, mes châteaux, mes villages, mes forêts ; j'ai perdu la sympathie et le respect de mes gens ; et j'ai perdu l'âme de ma fille ! Par ma faute, ma fille adorée, si belle et si douce, est devenue un démon déchaîné, un succube immonde qui me poursuit partout et se nourrit de mon corps !

Aussitôt débarqué dans le port de Grenwald, je m'aperçus que quelque chose n'allait pas. Les pêcheurs ne me saluaient plus et le propriétaire de la taverne me laissa payer mes consommations, chose qui ne s'était jamais produite. Les femmes du port se signaient en passant près de moi. Et lorsque je voulus m'installer à l'auberge pour la nuit, on me répondit qu'il n'y avait plus de place. On refusait de me loger, moi, le propriétaire de l'auberge, moi, le maître du pays ! Je fis une crise terrible mais deux hommes m'empoignèrent et me jetèrent à la rue. Je faillis suffoquer de colère. Je décidai cependant d'entrer au château la nuit même et je louai une voiture qui me coûta dix fois le prix que j'aurais dû payer.

Lorsque je passai le pont-levis, je vis qu'aucun garde n'était posté à l'endroit habituel. La grande cour était déserte. Pas un seul soldat ne montait la garde sur les murs du château. Tout était sombre. Pas le moindre feu, pas la moindre lumière ne trouait l'obscurité de la nuit. Je compris alors avec frayeur que le château était désert. Que s'était-il passé durant mon absence? Je descendis de voiture en tremblant. Je n'avais pas posé le pied dans le hall qu'un cri déchira le silence, un cri atroce; le même que j'avais entendu dans l'île aux oiseaux.

Aussitôt, au bout de l'escalier, dans une galerie qui donnait sur les appartements de ma fille, je vis une ombre blanchâtre se mouvoir l'espace d'une seconde et disparaître derrière une tenture. «Est-ce toi, ma fille?» criai-je, mais on ne me répondit pas. Je montai l'escalier en courant, me précipitai sur la draperie et la tirai. Derrière se tenait un être horrible, une femme au corps tordu et aux mains décharnées, dont le sourire démoniaque laissait entrevoir des dents longues et pointues; une femme très vieille, puant la maladie, en qui je reconnus cependant ma fille bien-aimée. Je reculai en criant. Alors, le démon se jeta sur moi en hurlant: «Me voilà, me voilà, père! Et je t'aime! Il y a si longtemps que tu me désires! Mais prends-moi! Prends-moi donc! Serre-moi dans tes bras et pose tes lèvres sur mes seins. Tu en rêves depuis tant d'années! Tu ne m'aimes donc plus?» Le monstre éclata de rire et s'éloigna un peu de moi. «Je t'appartiens tout entière, maintenant! reprit-il. Je serai toujours à ton côté et toutes les nuits tu me posséderas! N'es-tu pas heureux? N'es-tu pas heureux, père, n'es-tu pas heureux?» Le succube se précipita de nouveau sur moi et je dus subir ses écœurants baisers pendant des heures...

Oh! l'abominable sensation de se sentir possédé par

un être infernal ! Oh ! l'atroce douleur qui s'empare de tout mon corps et qui le meurtrit jusqu'à la limite de la mort ! Je suis condamné à errer, être méprisable et maudit, poursuivi par un démon qui me torturera éternellement... éternellement...

Maudite sois-tu, Amenachem, qui as ravi tout ce que je possédais et qui as fait de moi l'homme le plus malheureux et le plus persécuté qui soit !

1965

Les escaliers d'Erika

Lorsque je suis arrivé au château, Erik était absent. Louis, son domestique, me remit une note de sa part. Mon ami s'excusait de ne pouvoir être présent à l'heure de mon arrivée, une affaire importante le retenait à la ville jusqu'au dîner.

Je m'installai donc dans une des nombreuses chambres d'amis, la chambre bleue, ma préférée, et demandai à Louis d'aller à la bibliothèque me chercher un livre. Mais il me répondit que la bibliothèque était fermée depuis deux mois et que le maître défendait absolument qu'on y entrât.

— Même moi? demandai-je, surpris.

— Même vous, monsieur. Personne ne doit plus jamais entrer dans la bibliothèque. Ce sont les ordres du maître.

— Est-ce que monsieur Erik pénètre encore dans la bibliothèque, lui?

— Oh! non, monsieur. Monsieur Erik évite même le plus possible de passer devant la bibliothèque.

— Vous savez pour quelle raison la bibliothèque est fermée?

— Non, monsieur.

— C'est bien, Louis, merci. Ah! au fait, est-ce que la porte de la bibliothèque est fermée à clef?

— Non, monsieur. Monsieur sait bien que la porte de la bibliothèque ne se verrouille pas.

Resté seul, je défis mes valises en me demandant ce qui avait poussé Erik à prendre une telle décision, surtout que la bibliothèque était la plus belle et la plus confortable pièce de la maison...

C'est alors que je pensai à Erika. Je faillis échapper une pile de linge sur le tapis. Se pouvait-il qu'Erika fût de retour? Pourtant, Erik m'avait juré qu'elle ne reviendrait jamais. Je résolus de questionner mon ami à ce sujet dès son retour au château.

*
* *

Au dîner, Erik n'était toujours pas là. Vers neuf heures, un messager vint porter une lettre au château, une lettre qui m'était adressée. Je reconnus tout de suite l'écriture d'Erik et je devinai que mon ami ne pouvait se rendre au château pour la nuit et qu'il s'en excusait.

Au bas de la lettre Erik avait écrit: «Tu dois savoir, à l'heure actuelle, que la porte de la bibliothèque est fermée à jamais. Je t'expliquerai tout, demain. Je t'en supplie, ne t'avise pas de pénétrer dans cette pièce, tu le regretterais. J'ai confiance en toi et je sais que tu ne tricheras pas. Si tu n'as pas déjà compris ce qui se passe, pense à notre enfance, à une certaine période de notre enfance et tu comprendras.»

*
* *

Toute la nuit, je pensai à cette affreuse période de notre enfance pendant laquelle des choses bien étranges s'étaient produites...

*
* *

Erika était la sœur jumelle d'Erik. C'était une enfant détestable, méchante, qui nous haïssait, Erik et moi, et qui faisait tout en son pouvoir pour nous faire punir. Erika n'aimait pas son frère parce que, disait-elle, il lui ressemblait trop. Elle ne pouvait souffrir qu'on fût aussi beau qu'elle et tout le monde était d'accord pour dire que les jumeaux étaient également beaux, le garçon n'ayant rien à envier à sa sœur.

Moi, elle me haïssait parce que j'étais l'ami de son frère. Erik était très exigeant pour ses amis; Erika, elle, était tyrannique pour les siens et elle était surprise de n'en avoir pas beaucoup... Elle adorait faire souffrir les autres et ne manquait jamais une occasion de nous pincer, de nous frapper et même, et c'était là son plus grand plaisir, de nous précipiter au bas des escaliers. Elle se cachait en haut d'un escalier et s'arrangeait pour pousser la première personne qui venait à monter ou à descendre. Rares étaient les journées qui se passaient sans qu'un membre de la famille ou un domestique dégringolât un quelconque escalier de la maison.

Dans la bibliothèque du château se trouvait l'escalier le plus dangereux. Plus précisément, c'était une de ces échelles de bibliothèque qui se terminent par un petit balcon, échelles sur roues, très amusantes pour les enfants mais que les adultes maudissent à cause de leur trop grande facilité de déplacement.

Un jour que, grimpé sur le petit balcon, je cherchais un livre sur le dernier rayon de la bibliothèque, Erika s'introduisit dans la pièce et sans le faire exprès, jura-t-elle par la suite, donna une violente poussée à l'échelle. Je traversai toute la bibliothèque en hurlant du haut de mon balcon et faillis me tuer en m'écrasant sur la grande table de chêne qui occupait le tiers de la pièce. Erika avait trouvé l'aventure excessivement amusante mais, cette fois, Erik s'était fâché et avait juré de se venger...

Deux jours plus tard, on avait trouvé Erika étendue au pied de l'échelle de la bibliothèque, la tête fendue. Elle était morte durant la nuit suivante mais avant de mourir elle répétait sans cesse : « Erik, Erik, je te hais ! Je reviendrai, Erik, et je me vengerai ! Prends garde aux escaliers, prends garde aux escaliers... Un jour... je serai derrière toi et... Erik, Erik, je te hais et je te tuerai ! »

Pendant quelque temps nous eûmes très peur, Erik et moi, de la vengeance d'Erika. Mais rien ne se produisit.

Les années passèrent. Notre enfance s'achevait dans le bonheur le plus parfait. Mes parents étaient morts et ceux d'Erik m'avaient recueilli. Nous grandissions ensemble, Erik et moi, et nous étions heureux. Quatre ans s'étaient écoulés depuis la mort d'Erika ; nous avions quatorze ans.

Un jour, les chutes dans les escaliers du château recommencèrent. Tout le monde, sans comprendre ce qui se passait, faisait des chutes plus ou moins graves, sauf Erik et moi. Nous comprîmes tout de suite ce qui se passait. Erika était de retour ! Un soir, pendant un bal, Louis était tombé dans le grand escalier du hall et nous avions entendu le rire d'une petite fille et ces quelques mots glissés à nos oreilles : « Ce sera bientôt ton tour, Erik ! »

Les accidents avaient continué pendant des mois sans qu'Erik et moi fussions une seule fois victimes d'Erika. Les gens du château commençaient même à se demander si nous n'étions pas les coupables...

Un soir, mon ami était entré seul dans la bibliothèque. Nous lisions au salon, les parents d'Erik et moi, quand nous entendîmes un vacarme épouvantable dans la bibliothèque. Je me levai d'un bond en criant : « Erika est là ! Erik est en danger ! » La mère de mon ami me gifla pendant que son époux courait à la bibliothèque. Mais il ne put ouvrir la porte, elle était coincée. « Erik a dû pousser un meuble derrière la porte, déclara le père de mon ami. Cette porte ne se ferme pas à clef. Il n'y a donc aucune raison pour que... » De nouveau, nous entendîmes un bruit dans la pièce. Il semblait y avoir une bataille et nous entendions la voix d'Erik et une autre, toute petite... « Je vous dis que c'est Erika ! criai-je. Il faut sauver Erik ! Elle va le tuer ! » Nous ne pûmes pénétrer dans la pièce.

La bataille cessa très soudainement, après un bruit de chute. Il y eut un long silence. J'avais les yeux braqués sur la porte et je sentais mon cœur se serrer de plus en plus à mesure que le silence se prolongeait. Puis la porte s'ouvrit toute grande, quelque chose d'invisible passa entre la mère d'Erik et moi et nous entendîmes le rire d'une petite fille.

Nous trouvâmes Erik étendu au bas de l'escalier, dans la même pose qu'on avait trouvé sa sœur, quatre ans plus tôt. Heureusement, il n'était pas mort. Il s'était brisé une jambe et était resté infirme.

Erik ne m'avait jamais dit ce qui s'était passé dans la bibliothèque, ce soir-là. Il m'avait cependant juré que sa sœur ne reviendrait plus jamais parce qu'elle le croyait mort.

Quatre autres années s'étaient écoulées sans qu'une seule aventure malencontreuse se fût produite au château. J'avais quitté la maison de mon ami pour m'installer dans une petite propriété, héritage d'un oncle éloigné.

C'est quelques semaines seulement après la mort des parents d'Erik que j'avais reçu une lettre de mon ami me suppliant de revenir auprès de lui. «Nous sommes trop jeunes pour vivre en ermites, me disait-il dans sa lettre. Vends ta propriété et viens habiter avec moi.» J'ai vendu ma propriété et me suis rendu le plus vite possible au château d'Erik.

Je finis par m'assoupir vers une heure du matin. Je dormais depuis deux heures environ lorsque je fus éveillé par Louis. «Réveillez-vous, monsieur, réveillez-vous, il se passe des choses dans la bibliothèque!»

Je descendis au rez-de-chaussée et m'arrêtai devant la porte de la bibliothèque. J'entendais distinctement des voix.

— Ils faisaient plus de bruit tout à l'heure, me dit le vieux Louis. Ils semblaient se battre! Ils criaient, ils couraient... J'ai essayé d'ouvrir la porte mais elle est coincée comme cela s'est produit le jour de l'accident de monsieur Erik...

— Monsieur Erik est-il de retour? demandai-je au domestique pendant que les voix continuaient leur murmure désagréable.

— Je ne crois pas, monsieur, je n'ai rien entendu.

Je dis alors à Louis qu'il pouvait se retirer. Je collai mon oreille à la porte de la bibliothèque. Je ne pouvais saisir ce que disaient les voix mais elles semblaient furieuses toutes les deux. Soudain, j'entendis un bruit que je connaissais trop bien: on poussait l'échelle à balcon. Puis quelqu'un grimpa à l'échelle avec beaucoup de difficulté, semblait-il.

J'entendis courir dans la pièce et la porte s'ouvrit. «Tu peux entrer, Hans, dit une petite voix, je veux que tu voies ce qui va se passer.» Aussitôt entré dans la bibliothèque, je poussai un cri de stupeur. Erik était sur le balcon en haut de l'échelle, avec ses deux béquilles, et il semblait terriblement effrayé. Avant que j'aie eu le temps de faire un seul geste, l'échelle se mit à bouger. Je me précipitai vers elle mais il était trop tard. L'échelle s'abattit sur le sol dans un fracas épouvantable, entraînant Erik dans sa chute.

Erika riait. Je l'entendais tout près mais je ne la voyais pas. Elle me riait dans les oreilles, si fort que j'en étais étourdi. Louis arriva en courant, se pencha sur le corps d'Erik et pleura.

Avant de partir, Erika a murmuré à mon oreille: «Nous nous reverrons dans quatre ans, Hans...»

1964

Le Warugoth-Shala

On a prétendu qu'il ne s'était rien passé dans la maison de Rockhillborough Street et que Francis James Blackmoor était fou. Il ne sera pas pendu. On l'a enfermé dans une maison de santé pour le reste de ses jours. On a aussi prétendu que le monstre n'existait pas et que Francis James Blackmoor l'avait inventé pour se disculper. Il y en eut même pour dire que Francis James Blackmoor avait assassiné la petite fille dans une ruelle de Mill-End South et qu'il ne l'avait même pas transportée dans la maison de Rockhillborough Street. On a fouillé la maison de fond en comble et on n'a rien trouvé ; la maison est complètement vide et aucun monstre n'y a élu domicile.

Mais, moi, je sais que Francis James Blackmoor n'est pas fou. Moi, je sais qu'il n'a pas tué la petite fille et qu'un monstre se cache dans la maison de Rockhillborough Street. Je sais aussi que je suis en danger parce que j'étais présent lorsque l'événement s'est produit. Et parce que j'ai vu le Warugoth-Shala !

*
* *

Au numéro 21 de Rockhillborough Street se trouve une vieille maison qui date, dit-on, du temps d'Elizabeth Ire.

C'est une maison très laide. Personne n'y habite depuis vingt-cinq ans. Tous les carreaux sont brisés, les portes arrachées et plusieurs murs, notamment au troisième étage, se sont écroulés, pourris par l'eau, rongés par la moisissure. Cette maison jouit d'une très mauvaise réputation. Il n'est pas une ménagère de Mill-End South qui ne fasse son signe de croix en passant devant elle. C'est là, prétendent les parents qui veulent effrayer leurs mioches, que se tiennent certaines nuits les réunions des démons de l'enfer qui dévorent les petits enfants en discutant dans le grand salon. On sait que ces réunions se tiennent dans le grand salon parce qu'on a souvent vu des lueurs inquiétantes se déplacer, des ombres monstrueuses se profiler aux fenêtres de cette pièce. Ainsi les enfants évitent-ils de passer devant le numéro 21 de Rockhillborough Street, surtout après sept heures du soir.

J'avais entendu dire que la maison de Rockhillborough Street était à vendre. Je n'avais aucunement l'intention de l'acheter mais cette maison m'intriguait. Je décidai donc de la visiter. Le notaire m'avait donné une clef dont je n'eus pas à me servir, la porte d'entrée étant à moitié défoncée.

C'est drôle comme les choses peuvent changer d'aspect, parfois, lorsqu'on les regarde d'un point de vue différent de celui sous lequel on les a toujours connues. De l'extérieur, la maison de Rockhillborough Street était vraiment effrayante à voir. C'était une maison haute et large, flanquée de deux tours aplaties, une maison dont les pierres avaient noirci avec le temps et qui semblait avoir peine à se tenir debout. Toute sa façade suait la vieillesse, la pourriture, la peur aussi. Mais lorsque, la porte franchie, on pénétrait dans le hall, toute sensation de crainte disparaissait comme par enchantement. Peut-être était-ce dû au fait que toutes les pièces étaient vides... je ne sais pas au juste. Mais on avait vite fait de se rendre compte qu'il n'y avait rien de mystérieux dans cette maison, lorsqu'on était à l'intérieur. C'était simplement une maison abandonnée, aux murs nus et aux planchers pourrissants.

Et c'est en souriant que je commençai à monter l'escalier qui menait au premier.

Je n'avais pas gravi quatre marches qu'un murmure provenant du premier parvint jusqu'à moi. Je m'immobilisai quelques instants pour essayer de saisir ce qui se disait au-dessus de moi mais je ne pus comprendre une seule parole.

Croyant déranger les épanchements amoureux de deux jeunes gens du voisinage, je décidai de sortir de la maison et d'attendre que les deux tourtereaux eussent fini leurs petites affaires avant de revenir. Mais une seconde voix provenant de la même pièce que la première me figea sur place. Était-ce une plainte ? C'était une voix éteinte, un chuchotement étouffé mêlé de désagréables bruits de succion et de battements d'ailes. C'était comme une voix venue d'un autre monde ; c'était à la fois très fort et très faible, un cri et un soupir. La voix semblait essoufflée, sur le point de s'abîmer. Cette voix me glaça d'autant plus que j'avais cru saisir des paroles dans ses horribles gargouillements... Des paroles allemandes, une phrase complète : « Wer ist's, der so mir es labt ? » avait dit la voix, ce qui signifie à peu près : « Qui m'a ainsi abreuvé ? » Et j'entendis distinctement la réponse en anglais : « Mon nom est Francis James Blackmoor. »

Puis j'entendis qu'on traînait quelque chose sur le plancher de la pièce. Une porte s'ouvrit puis se referma. En haut de l'escalier, à gauche, je vis une ombre se pencher et ramasser le corps d'un enfant. Et Francis James

Blackmoor parut, tenant une petite fille horriblement mutilée dans ses bras. Ce qu'il était pâle ! Son front était baigné de sueur et une peur sans nom se lisait dans ses yeux. Lorsqu'il me vit, il laissa échapper le corps de la petite fille qui roula jusqu'à mes pieds. Je criai. Je me penchai sur le corps, mais Francis James Blackmoor hurla : « Ne touchez pas à cette enfant ! Elle est maudite ! » Il dégringola l'escalier, s'empara du corps et sortit de la maison par une porte donnant sur une ruelle.

Je ne sais combien de temps je restai là, immobile, assommé par ce que je venais de voir et surtout par ce que j'avais entendu. Qu'y avait-il dans la pièce du premier étage de la maison de Rockhillborough Street ? Quelle chose redoutable, quel monstre abominable se cachait derrière cette porte ? Je m'aperçus que je tremblais et je m'assis sur une marche de l'escalier. Tout était silencieux dans la maison mais parfois je percevais un frôlement dans la pièce du premier, un glissement furtif et aussi un halètement. Il était encore temps de fuir. Je n'avais qu'à me lever, qu'à franchir la porte... Un vertige me prit, tout se mit à tourner autour de moi, l'escalier se dérobait sous mes pieds... Lorsque je revins à moi, j'étais debout devant la porte de la maudite pièce et ma main était posée sur la poignée. Je jure que c'est malgré moi que ma main a poussé la porte ! Je ne voulais pas savoir ce qu'il y avait derrière cette porte ! Je jure que je ne voulais pas le savoir !

Non ! Non ! je ne viendrai pas ! Je résisterai jusqu'à la mort ! Non ! Je ne veux pas finir mes jours comme Francis James Blackmoor, dans une maison de fous !

Oh ! cette voix qui me poursuit partout... Maudite soit la minute où j'ai poussé la porte ! Maudit soit l'instant où je l'ai vu, lui, le monstre, le Warugoth-Shala, roi des ténèbres, qui se nourrit de sang humain et qui me poursuit partout avec un goût de meurtre ! Je sais qu'il a besoin de moi, mais je n'irai pas ! Et cet enfant qu'il m'a ordonné de tuer, il ne l'aura pas ! Il ne l'aura pas ! Oh ! Dieu, si vous existez, ne me laissez pas dans ce désespoir ! Détruisez le Warugoth-Shala avant qu'il ne soit trop tard ! Car je sais trop bien que mes forces m'abandonnent et qu'une envie de tuer s'empare de moi peu à peu...

1965

Wolfgang, à son retour

Wolfgang est de retour depuis ce matin. Je ne crois pas que ces trois semaines passées à la campagne lui aient fait quelque bien. Il est toujours aussi maigre, toujours aussi nerveux. Toujours aussi étrange. Sa mère et moi comptions beaucoup sur ces vacances pour lui redonner la santé, pour refaire de lui le petit Wolfgang que nous chérissions encore il n'y a pas si longtemps. Mais Wolfgang ne va pas mieux. Je crois même que son état a empiré.

Il n'a pas voulu manger. Pourtant, il nous a dit qu'il n'avait pas pris de nourriture depuis trois jours. Il n'a pas touché aux aliments que nous lui avions présentés. Il a dit qu'il ne savait que faire de ces aliments, maintenant ; que son « régime » avait changé et qu'il saurait bien se « nourrir » lui-même quand le temps serait venu.

Il est couché. Il est trois heures de l'après-midi.

*
* *

Wolfgang n'a pas voulu se lever ce matin. Je ne l'ai vu que quelques instants, mais il m'a semblé rayonnant. Il m'a souri. Il y avait si longtemps que mon fils ne m'avait souri que j'en suis tout rempli de joie. Après tout, peut-être me suis-je trompé, hier. Je suppose qu'il était simplement fatigué par le long voyage qu'il venait de faire en train. Se pourrait-il que mon fils soit guéri !

Je viens de lire le journal du matin. Une chose affreuse s'est produite, la nuit dernière. Le petit garçon de nos voisins a été assassiné. On a retrouvé son corps dans le bois. Il paraît qu'il ne lui restait plus une seule goutte de sang. Neuf ans. Le même âge que Wolfgang.

Wolfgang est couché. Il n'a pas voulu se lever. Il m'a souri et m'a dit qu'il ne se lèverait que ce soir.

*

* *

Wolfgang n'a pas mangé. Il semblait pourtant très bien. Ses yeux brillaient et je l'ai vu sourire à plusieurs reprises. Il a raconté son voyage. Il a beaucoup parlé. Il était très animé et faisait beaucoup de gestes. Je ne l'ai jamais vu si gai. Mais il n'a pas mangé. Il a dit qu'il n'avait pas faim. Pas encore. Pourtant, il n'a pas mangé depuis quatre jours ! Et hier, il avait faim ! Lorsque je lui ai demandé en quoi consistait sa nourriture actuelle, son sourire a disparu. Il m'a regardé droit dans les yeux et quelque chose d'horrible, une impression de pesanteur et d'épouvante est passée de lui à moi. Cela n'a duré qu'une seconde mais cela a suffi pour me remplir d'effroi. Je ne sais pas pourquoi j'ai peur. Peut-être est-ce parce que ces yeux-là n'étaient pas des yeux d'enfant. Wolfgang m'a regardé avec des yeux qui n'étaient pas les siens. Il s'est levé de table presque aussitôt et s'est excusé. Il a dit qu'il se retirait dans ses appartements. Il a demandé qu'on ne l'éveille pas, demain matin. Il a dit qu'il préférait vivre la nuit, maintenant.

Je ne sais plus que faire.

Wolfgang est venu me rejoindre dans ma chambre, cette nuit. Je ne dormais pas. Il est entré par la porte-fenêtre et est venu se blottir contre moi. Il m'a chuchoté des choses à l'oreille. Mais une étrange odeur se dégageait de sa bouche. Lorsqu'il parlait, j'étais obligé de détourner la tête pour ne pas respirer son haleine fétide. Il m'a dit qu'il s'était nourri et qu'il n'avait plus faim. Il m'a dit qu'il n'avait pas sommeil et qu'il voulait rester auprès de moi parce que j'étais chaud. Mais quand il me parlait, il ne m'appelait pas papa. Il m'appelait Hans.

Wolfgang a dormi toute la journée. Quand il s'est éveillé, un peu après le coucher du soleil, il était de mauvaise humeur. Il n'est pas descendu dîner. Il a dit qu'il n'avait pas faim. Qu'il ne se nourrirait pas d'ici quelques jours...

Je crois que Wolfgang lit dans mes pensées. Lorsque je suis monté le voir après dîner, il m'a défendu de faire venir le médecin de famille. Il m'a dit qu'il allait très bien et qu'il n'avait pas besoin d'un médecin. Il m'a dit de dormir tranquille.

Dans le journal du soir on parle de la petite sœur du garçonnet qu'on a assassiné hier. Elle est disparue depuis la nuit dernière et on a organisé des recherches.

Je n'ose même pas réfléchir.

Wolfgang jure pourtant que c'est faux. Qui dois-je croire, Dieu, qui dois-je croire ? La servante est absolument certaine d'avoir vu un homme dans le lit de Wolfgang, la nuit dernière. Elle était entrée dans la chambre de mon fils pour s'assurer que tout allait bien... Elle prétend qu'un homme vêtu d'un habit sombre était couché dans le lit de Wolfgang et qu'il chuchotait à l'oreille de mon fils des choses qui semblaient faire sourire l'enfant. Mais Wolfgang dit que c'est faux. Que la servante a rêvé. Et que nous devrions la congédier sur-le-champ. Il n'est pas venu d'homme la nuit dernière. Il était tout seul dans son lit et la servante a menti !

Je me sens devenir fou ! Il faut que j'en aie le cœur net ! Je vais passer la prochaine nuit dans les appartements de mon fils...

*
* *

Wolfgang n'est plus. Je l'ai tué. La servante avait raison et mes soupçons se sont avérés exacts. Wolfgang était un monstre. Je ne dois pas regretter ce que j'ai fait. Mais Wolfgang était mon fils et je l'aimais ! Qui pourra jamais m'expliquer ce qui s'est passé ? Qui pourra jamais me dire ce qu'était exactement mon fils ?

Oh ! affreuse nuit.

Je me suis caché dans les appartements de mon fils comme je m'étais proposé de le faire. Wolfgang s'est levé un peu après le coucher du soleil. Il semblait très malade. Il était encore plus pâle que d'habitude et il avait de la difficulté à respirer. Aussitôt levé, il s'est installé à la fenêtre de sa chambre. Il a regardé dans le parc pendant des heures. De temps à autre il se cachait la tête dans ses mains et disait des choses que je ne comprenais pas. C'étaient des choses en langue étrangère. Des mots récités sur un rythme étrange et lent. Le seul mot que j'ai pu saisir est Hans.

Soudain, au milieu d'une de ces prières de mon fils l'homme fut dans la pièce. Je ne sais pas comment il est entré, tout ce que je sais, c'est que je l'ai aperçu tout à coup, derrière Wolfgang. J'ai failli crier.

L'homme s'est penché et a posé un baiser dans les cheveux de Wolfgang. Mon fils s'est levé brusquement et s'est jeté dans ses bras en pleurant. « Enfin, enfin, Hans, tu es là ! » disait-il, et il pleurait dans l'épaule de l'homme. C'est à ce moment-là que j'ai vu le visage du visiteur. Et ce visage est le plus beau que j'aie jamais vu ! Aussi longtemps que je vivrai je n'oublierai l'extraordinaire beauté de ce visage. Les yeux de l'homme brillaient dans la clarté de la lune et les yeux de cet homme étaient d'une beauté qui faisait mal.

Lorsque Wolfgang eut cessé de pleurer, l'homme le souleva dans ses bras et le porta sur le lit. Il s'allongea à côté de mon fils et lui parla.

C'est à ce moment-là que j'aurais dû les tuer tous les deux ! Je ne sais pas ce qui m'a retenu. Je ne pouvais tout simplement pas bouger. Qui donc était cet homme et que voulait-il ? Je ne le sais pas.

Ils se sont levés au bout de quelques minutes et se sont dirigés vers la fenêtre. Un nuage est passé devant la lune et la pièce fut plongée dans l'obscurité pendant plusieurs secondes. Quand la clarté de la lune fut revenue, mon fils et son compagnon avaient disparu.

Je me précipitai vers la fenêtre et j'eus juste le temps de les voir monter dans une voiture qui stationnait devant le parc. La voiture partit à toute vitesse et je me mis à appeler mon fils...

J'ai attendu Wolfgang toute la nuit. Je savais qu'il reviendrait. Je n'ai pas quitté une seconde la fenêtre de sa chambre.

Il est revenu tout seul. Je l'ai vu apparaître à l'autre bout de la route, petite forme imprécise et blanche dans la lumière du jour levant. Il allait très lentement, posant avec précaution ses pieds nus sur les pierres du chemin. Je suis sorti de la maison et j'ai couru vers mon fils. Je l'ai soulevé dans mes bras. Je crois que je pleurais. Je ne lui ai pas demandé d'où il venait. Je ne lui ai pas demandé ce qu'il avait fait. Je n'ai rien dit. Je l'ai seulement pressé contre ma poitrine. Mais lui me regardait avec d'étranges yeux. Et j'ai reconnu ces yeux. C'étaient les yeux si beaux et pourtant si terribles de l'homme qui était venu chercher Wolfgang pour l'emmener vers je ne sais quel horrible endroit. Et juste à ce moment, Wolfgang a souri. Oh ! ce sourire. Ce sourire ! Le démon lui-même me souriait à travers mon enfant. Le démon lui-même me regardait à travers mon enfant. J'ai vu le démon dans le regard et le sourire de mon enfant et je l'ai tué !

J'ai déposé Wolfgang par terre, j'ai pris une grosse pierre sur le bord de la route et j'ai frappé de toutes mes forces sur le démon qui s'était emparé du corps de mon fils.

Wolfgang est mort en murmurant «Hans, Hans, Hans».

1965

Douce chaleur

C'était la première fois que Marie allait au château. Il va sans dire que ses parents ignoraient qu'elle s'y trouvait. Monsieur avait très mauvaise réputation (on appelait «monsieur» le propriétaire du château parce que son nom était étranger, avec beaucoup de lettres, et beaucoup trop difficile à prononcer pour les gens du pays) et tout le monde avait un peu peur de lui... Mais qui, quelle jeune fille élevée dans un petit village pauvre, fille de fermier et promise à un fermier pareil à son père, qui, dis-je, pourrait résister à la tentation de connaître ne serait-ce qu'une fois dans sa vie les délices d'un somptueux repas, la douce langueur d'une soirée passée auprès d'un grand feu pétillant de santé en compagnie d'un homme — un peu vieux il est vrai, mais très bien conservé et encore assez plaisant à regarder — qui vous chuchote à l'oreille de belles choses avec un accent étranger? Et, surtout, qui pourrait résister à la tentation de passer une nuit complète dans un vrai lit? Monsieur avait promis tout cela à Marie. Et Marie l'avait suivi.

*
* *

Dans la voiture, Monsieur avait été très correct, employant toujours le terme «mademoiselle» lorsqu'il s'adressait à Marie et Marie s'était dit qu'après tout Monsieur n'était pas si terrible... «Si j'étais allée faire une promenade en voiture avec le gros Jacques ou avec Pierre-le-pied-bot, ils ne m'auraient pas appelée "mademoiselle", eux, et il y a longtemps que nous serions au fond d'un fossé! Mais avec Monsieur, ce n'est pas la même chose! Il a du style, lui! Les gens sont si méchants! Ce ne doit pas être vrai que Monsieur a passé la moitié de sa vie en prison et qu'il n'en est sorti que parce qu'il avait beaucoup d'argent... On dit des choses méchantes, comme ça, parce qu'il ne parle pas à tout le monde et que ça frustre les gens... Non, au fond, Monsieur ne doit pas être un mauvais homme...»

*
* *

Marie la vit dès qu'elle eut posé le pied dans le salon. Elle écarquilla les yeux en demandant: «C'est quoi, ça?» Monsieur sourit et lui dit qu'elle le saurait plus tard.

*
* *

Marie avait un peu trop bu. Ce vin étranger était si bon! Et elle se sentait si bien! Si seulement ses amies du village pouvaient la voir!... Et Marie riait pendant que Monsieur se contentait de la regarder. Parfois, Marie pensait: «Il ne m'a pas encore embrassée, c'est un vrai gentilhomme», et cela la faisait rire encore plus.

Mais Marie commençait à avoir faim et elle demanda si on allait passer à table bientôt. Comme s'il n'attendait que cela pour agir, Monsieur se leva aussitôt et se jeta à ses genoux. Marie fut un peu surprise et, il faut le dire, très gênée par cette attitude soudaine. Alors, Monsieur commença à lui débiter des tas de phrases ampoulées et prétentieuses, la main sur le cœur, les yeux au ciel, et tout et tout... Il lui promit l'univers entier et plus encore, et même une paire de sabots neufs deux fois l'an ! Toutes ces sornettes ennuyaient Marie à un point extrême. C'est bien beau des belles manières, des belles phrases, mais quand vient le temps d'agir, ces gentilshommes... Malgré eux, les yeux de Marie s'étaient de nouveau posés sur la chose près du foyer... C'était... c'était... oui, c'était une robe, à n'en pas douter. Mais une bien étrange robe !

— Vous regardez la robe ? demanda soudain Monsieur après s'être arrêté au milieu d'une envolée lyrique. Elle vous intrigue, n'est-ce pas ?

— Oui, répondit tout bas Marie.

— Venez plus près, vous verrez comme elle est belle !

C'était vraiment une merveille. C'était une robe de métal, du cuivre expliqua Monsieur en la décrivant, qui se tenait debout près du foyer éteint ; une robe d'un brun profond, toute sertie de pierres précieuses, aux longs plis amples et rigides. Marie n'avait jamais rien vu d'aussi beau.

—- Et c'est bien là une robe, n'est-ce pas ? demanda-t-elle lorsque Monsieur eut fini de la décrire et d'en vanter les charmes. Une robe qu'on peut... porter ?

Déjà, Marie avait envie d'essayer la robe. Un besoin impérieux de se sentir dans cette robe l'assaillait et son regard suppliait presque Monsieur de lui offrir de l'essayer. Mais Monsieur ne disait rien. Si Marie avait été un peu plus observatrice, elle aurait pu discerner un rien d'ironie dans le regard de Monsieur alors qu'il posait ses yeux bleus sur elle. Mais elle était tellement énervée, elle voulait tellement que Monsieur lui offre... À la fin, n'y tenant plus, elle dit : «Est-ce que je pourrais essayer la robe, s'il vous plaît, monsieur?

— Mais comment donc! fit Monsieur dans un sourire qui lui fendait la face en deux.

Marie remarqua que les boutonnières étaient munies de serrures et de clefs et que la robe s'ouvrait comme une boîte métallique, en grinçant, mais elle n'y porta pas très attention.

Lorsque la robe fut ouverte à la manière d'une malle placée sur le côté, Marie s'y glissa en levant un peu les bras pour enfiler les manches. La robe se referma avec un claquement sec. Fait surprenant, on se sentait très à l'étroit à l'intérieur de la robe alors que de l'extérieur elle paraissait très ample... Et les longues manches se tenaient raides, ce qui fait qu'on était obligé de garder les bras éloignés du corps dans une position assez inconfortable...

Et c'est seulement après qu'elle se fut refermée sur elle que Marie s'aperçut que la robe était rivée au plancher à l'aide de gros boulons. Marie avait enlevé ses chaussures un peu plus tôt dans la soirée et le froid de la plaque de cuivre sur laquelle était boulonnée la robe lui était déplaisant.

Marie aurait bien voulu sortir de la robe tout de suite mais elle s'était vite rendu compte qu'elle ne pouvait plus bouger et qu'il lui fallait attendre le bon vouloir de Monsieur pour être délivrée. Marie commençait à avoir peur.

Monsieur s'était installé dans un fauteuil en face de la robe et il regardait Marie. Il ne souriait plus. Quelque chose d'horrible, ressemblant à de la haine, s'était collé à son visage qui grimaçait d'une façon effroyable. Sa bouche était tordue par un tic nerveux, ses yeux étaient tout grand ouverts et presque sortis de leurs orbites. Il respirait très fort et ses ongles lacéraient le cuir du fauteuil.

Marie se mit à pleurer en le suppliant de la délivrer... Monsieur se leva brusquement et la fit taire d'une gifle. Il s'approcha ensuite du foyer et se prépara à allumer le feu. Marie comprit ce qui allait lui arriver et se mit à hurler comme une folle. La robe de métal était très près du foyer, presque dans le foyer... Monsieur se tourna lentement vers Marie et lui dit : « Je suis très heureux, mademoiselle, de vous avoir pour dîner. »

août 1965

Les mouches bleues

La princesse ouvrit toute grande la fenêtre de sa chambre et regarda la mer.

— Déjà? lui demanda Ismonde, la sorcière. Vous êtes déjà fatiguée de lui? Il est beau, pourtant.

— Tu sais que je n'aime pas qu'on discute mes ordres! coupa durement la princesse. Fais ton ouvrage et fais-moi grâce de tes commentaires!

Ismonde fit la révérence et sortit des appartements de la princesse.

— Quand ils seront tous devenus des mouches, pensait la princesse en regardant la mer, je transformerai les femmes en araignées.

Ismonde revint bientôt, une petite boîte rectangulaire dans la main gauche.

— Voilà, dit-elle à la princesse, c'est fait. Une mouche bleue de plus. C'est dommage, il était si beau.

La princesse quitta la fenêtre, se dirigea vers la sorcière et s'empara de la petite boîte.

— C'est bien, dit-elle à Ismonde, tu peux sortir.

Après que la sorcière se fut retirée, la princesse revêtit une longue cape et sortit du château par une porte dérobée.

*
* *

La grotte était immense et sombre. La princesse, entourée de milliers de mouches bleues, se tenait debout au milieu de la grotte et souriait méchamment. «Oui, mes gentils amants, disait-elle parfois, je vous aime toujours et toujours vous aimerai.» Elle partit soudain d'un grand éclat de rire et ouvrit la petite boîte.

Un minuscule papillon noir s'en échappa et se précipita sur la princesse qui n'eut pas même le temps de crier. Le papillon noir se colla à la gorge de la princesse et la tua. Ismonde s'était vengée.

Jocelyn, mon fils

« Jocelyn, mon fils, me disait justement ce matin... »

Tout le monde se tut.

Tous les regards se tournèrent vers la baronne Kranftung, qui rougit un peu.

— C'est vrai, dit-elle, j'avais oublié de vous dire que Jocelyn, mon fils, est de retour de Paris. Il est arrivé cette nuit, complètement exténué, le pauvre !

La baronne Kranftung, heureuse de voir que son fils Jocelyn intéressait tout le monde (quand elle parlait de lui, chacun se taisait et l'écoutait), se mit à marcher lentement dans le grand salon, s'adressant tantôt à l'un, tantôt à l'autre, distribuant des sourires ici et là.

— Comme je le disais tout à l'heure, Jocelyn, mon fils, me conseillait ce matin d'aller me reposer quelque temps à la campagne. Pauvre enfant ! Il sait pourtant que je ne puis absolument pas quitter la capitale pendant la saison et que je ne suis pas femme à me reposer ! Je pense qu'il a un peu trop à cœur la santé de sa vieille maman.

Elle éclata de rire et les pierres de son collier tintèrent. Elle s'assit dans un fauteuil près de la cheminée, ferma les yeux et appuya sa tête sur le dossier.

Tous les gens réunis dans le salon de la princesse Winderclung regardaient sans mot dire cette grande femme sèche qui parlait depuis des années d'un fils qui n'avait jamais existé. Personne n'osait rompre le silence qui suivait toujours les monologues de la baronne Kranftung.

Les gens de la haute société de Vienne entretenaient pour cette femme si étrange un sentiment qui se situait à la limite entre l'affection et la pitié. Quand on parlait d'elle, on disait toujours : « Cette pauvre baronne Kranftung... »

Cette habitude qu'elle avait de prétendre qu'elle avait un fils qui était toujours en voyage mise à part, la baronne Kranftung était la plus aimable et la plus spirituelle des femmes. Sa conversation était brillante et elle avait été très populaire dans sa jeunesse. On disait qu'elle avait été très belle... Elle ne s'était jamais mariée parce que, disait-elle, les hommes la rendaient malade.

Un jour, dans un bal, elle s'était mise à parler de son fils, Jocelyn, parti la veille pour Londres. Et depuis, à chaque jour, la baronne avait une nouvelle aventure de son fils à raconter... Elle recevait beaucoup de lettres de lui, disait-elle, et son fils était extraordinairement beau, instruit, intelligent...

Elle se leva soudain et se tourna vers le bar. « Champagne », cria-t-elle. Elle prit une coupe et se tourna vers l'assistance.

— J'ai une grande nouvelle à vous annoncer, dit-elle. Ce soir, Jocelyn, mon fils, va venir. Il a promis qu'il viendrait me chercher à la fin du bal.

On ne savait que dire. La princesse Winderclung s'approcha d'elle et lui dit : « Tant mieux, ma chère baronne, je serais ravie de faire la connaissance... » Puis elle se tut. Deux larmes coulaient sur les joues de la baronne. « Jocelyn, mon fils, viendra ce soir. Il l'a promis. Ce soir, mon fils Jocelyn viendra me chercher. Et nous rentrerons tous les deux... comme deux amoureux. Vous savez, il est très beau, mon fils, très beau. Il a maintenant vingt-deux ans. Il est grand, il a les yeux bleus et les cheveux blonds. Il est très beau. Vous savez, Jocelyn, mon fils, il... il... il...»

La baronne pleurait de plus en plus. «Il viendra me chercher, vous savez, il viendra. Il me l'a promis.»

Après avoir vidé quelques coupes de champagne, la baronne revint s'installer dans un fauteuil, près de la cheminée. «Je suis si heureuse! C'est la première fois qu'il accepte... oui, il refuse toujours... vous savez, il est un peu sauvage... comme... comme...»

Peu à peu, les gens s'étaient remis à causer et la fête continuait, monotone comme toutes les fêtes de la princesse Winderclung.

Et la baronne continuait de boire et de raconter des choses impossibles sur son fils. Personne ne l'écoutait plus et elle semblait quêter du regard un interlocuteur quelconque. «Jocelyn, mon fils...»

Elle but et pleura toute la soirée. Elle n'avait jamais été si bruyante et la princesse Winderclung commençait à s'impatienter. «Je ne l'ai jamais vue dans un tel état! Deviendrait-elle tout à fait folle?»

Vers la fin du bal, la baronne Kranftung était complètement saoule. Elle criait, riait, pleurait; elle prit même une jeune fille par la taille et se mit à danser... à danser... Quand elle laissa la jeune fille, la baronne, étourdie, se mit à tituber et finit par s'écrouler sur le tapis du salon.

Elle était couchée sur le dos, les yeux grand ouverts, et murmurait très vite: «Non, non, Jocelyn ne viendra pas, Jocelyn n'existe pas. Jocelyn n'existe pas. Il n'y a pas de Jocelyn. Il n'y a jamais eu de Jocelyn. Je l'ai inventé de toutes pièces parce que... parce que... non, non, Jocelyn ne viendra pas. Jocelyn, mon fils...»

Elle essaya de se relever et son regard se dirigea vers la grande porte du salon. Elle poussa un hurlement et retomba, inerte, sur le plancher.

Debout dans l'entrée du salon, grand, blond, les yeux bleus, un sourire très doux aux lèvres, merveilleusement beau, se tenait Jocelyn.

1963

Le dé

Si on avait dit à Bobby Stone ce qui arriverait ce jour-là, il ne se serait probablement pas levé du tout. Et... enfin, la catastrophe aurait peut-être été évitée.

*
* *

Bobby Stone était un bon diable. Il travaillait dans un bureau, buvait modérément, allait à la messe chaque dimanche et avait un faible pour les femmes grassouillettes. Il n'était ni vieux, ni jeune ; il portait seulement un chapeau pour cacher sa calvitie naissante.

Bobby Stone ne se doutait pas le moins du monde qu'il allait être la cause de la catastrophe.

*
* *

«Mais voyons, madame, je vous en prie, cessez ce jeu stupide, on nous regarde !» C'était vrai. Une troupe de badauds s'était amassée autour d'eux et on commençait à regarder Bobby Stone d'un œil réprobateur. C'est que cette femme chialait à fendre l'âme ! «Monsieur, je vous en supplie, criait-elle, prenez-le ! Prenez-le ! Je vous le donne. Il est à vous ! » Mais Bobby Stone n'en voulait pas. Non, pas du tout. « Que voulez-vous que j'en fasse ? répondait-il. Et d'abord, c'est un... instrument pour les femmes. » Il y avait de plus en plus de monde sur le trottoir et Bobby Stone commençait à avoir chaud. Il sortit son mouchoir pour s'éponger le front mais n'enleva pas son chapeau pour essuyer ses sueurs. « Elle est folle. Oui, elle est folle ! Et tous ces gens qui nous regardent ! Mais je n'en veux pas de son dé ! »

Un homme se détacha de la foule et saisit Bobby Stone par le collet. « Alors, lui dit-il en lui soufflant dans le visage et son haleine empestait, on fait pleurer les dames en pleine rue ? » Bobby Stone tremblait. « Mais, monsieur, je ne connais pas cette femme ! Elle veut me donner un dé à coudre et moi je ne veux pas de son dé à coudre, je... » Vraiment, Bobby Stone en avait assez. Dans un brusque élan de courage — ou était-ce de la lâcheté ? — il abattit son poing dans la figure du monsieur qui le menaçait et prit les jambes à son cou, non sans avoir renversé sur son passage deux ou trois personnes qui essayaient de le retenir.

*
* *

Il va sans dire qu'il travailla fort mal ce jour-là. Les colonnes de chiffres dansaient et, lorsqu'il fermait les yeux, Bobby Stone voyait l'étrange femme qui lui tendait le dé. « Il est à vous. »

Cinq heures sonnèrent. Bobby Stone était affalé dans son fauteuil, la cravate détachée, une main sur le cœur. « Je n'aurais jamais cru qu'un incident aussi stupide... » Ah ! non, tout de même, pas jusque dans son bureau ! Et ce n'était pas une vision ; il avait les yeux bien ouverts cette fois-là ! Elle était assise sur la chaise, devant lui, de l'autre côté du bureau. « Si vous ne le prenez pas tout de suite, dit la femme, je serai obligée de vous défendre de le prendre et vous courrez alors après moi pour me le voler ! Je vous le dis, vous me le volerez. » Bobby Stone se leva, fou de peur, et courut vers la porte. « C'est bien, cria la femme, je vous défends de prendre mon dé ! » Bobby Stone s'arrêta net. Oh ! le beau dé. Le beau dé ! En plastique avec des petits trous dedans ! Le beau dé ! Il lui fallait absolument ce dé. Plus rien n'existait plus au monde que ce dé rose et jaune. Il se mit à courir derrière la femme qui faisait semblant de se sauver tout en s'arrangeant pour perdre du terrain...

Vlan ! Et vlan ! Chienne ! Ah ! tu voulais le garder pour toi toute seule, hein ? À toi le dé et rien pour moi ! Voilà pour toi. Et des coups de pieds, et des gifles, et des coups de genoux...

Lorsqu'il sortit de l'immeuble, ses vêtements étaient en désordre et un peu de sang tachait ses ongles, mais il avait le dé ! C'était à lui et personne, personne, vous m'entendez ? ne pourrait jamais le lui enlever ! Il connaissait le secret du dé, maintenant. Avant de mourir, la femme avait murmuré : « Dans le dé... dans le dé... j'ai enfermé l'univers. »

Le lendemain matin quand il s'éveilla, Bobby Stone ne se souvenait de rien. Il trouva un dé rose et jaune sur sa table de chevet. Que ce dé était laid ! Il le jeta à la poubelle. Mais avant de partir pour le bureau, Bobby Stone arracha de son paletot un bouton qui ne tenait presque plus. Il prit du fil, une aiguille et pensa au dé qui était au fond de la poubelle. Il alla l'y chercher. Et afin de ne pas se blesser en reposant son bouton de paletot, Bobby Stone introduisit son doigt dans le petit dé. Il écrasa l'univers entier.

1964

La femme au parapluie

«Tiens, drôle d'endroit pour perdre son parapluie.» Il se
pencha, ramassa le parapluie.

*
* *

Le téléphone sonna.

    — Allô.

    — Bonsoir, monsieur. Vous avez trouvé mon para-
pluie?

    — Pardon?

    — Je vous demande si vous avez trouvé mon para-
pluie. Un parapluie noir avec...

    — Oui, en effet, j'ai trouvé un parapluie, ce matin.
Mais comment savez-vous, madame, que c'est moi qui
l'ai trouvé?

    — Mais, mon cher monsieur, je l'ai perdu précisé-
ment pour que vous le trouviez! Et maintenant je voudrais
le ravoir. Vous voulez bien venir me le porter? Je vous
attendrai ce soir au milieu du pont de bois, à l'est de la
ville, à onze heures. Bonsoir, monsieur.

« Vous êtes en retard, je vous attends depuis dix minutes.

— Je m'excuse, j'ai été retardé... Voici votre parapluie, madame.

— Merci, monsieur. »

Elle le regardait droit dans les yeux.

— Et maintenant, sautez. Votre heure est venue. Il est temps. Allez...

Il enjamba le garde-fou et se jeta dans la rivière.

Et elle repartit, laissant son parapluie au milieu du pont de bois, à l'est de la ville...

La dent d'Irgak

L'homme était étendu dans la mousse et regardait cette étoile nouvelle, presque aussi grosse que la lune ; cette étoile qu'on ne connaissait pas et dont tous les Inuit parlaient depuis quelque temps.

Tout le village dormait. La toundra était déserte. Et l'homme avait peur. Lui qui n'avait jamais eu mal aux dents de sa vie, voilà qu'il souffrait atrocement depuis la venue de cette maudite étoile. C'était une douleur lancinante, terrible, qui le rendait presque fou de rage et l'empêchait de travailler, de parler et presque de bouger.

Lorsque quelque nuage, venu on ne sait d'où, voilait un peu l'étoile neuve, la souffrance de l'homme s'allégeait et il pouvait respirer plus librement. Mais cette nuit-là (ce n'était pas à vrai dire la nuit ; à cette époque de l'année, le ciel s'assombrissait un peu quand venait le soir, juste assez pour faire disparaître la lune et quelques étoiles), il n'y avait aucun nuage et l'étoile brillait comme elle n'avait encore jamais brillé depuis qu'Irgak l'avait aperçue pour la première fois. Et Irgak souffrait en la regardant. Des fois, il gémissait et la femme sortait de la hutte, venait consoler son homme en lui passant la main sur le visage et lui souriait. Avant de rentrer dans la hutte, elle regardait le ciel et levait le poing. « Mauvaise étoile ! » criait-elle parfois.

Irgak était fou de peur. Irgak était pourtant un homme brave, un grand chasseur, un Inuk parfait qui n'avait jamais craint le froid ni la neige, ni les animaux sauvages... Mais cette étoile qui avait apporté le mal dans sa bouche lui faisait peur. Irgak avait peur pour la première fois de sa vie. Il ne voulait plus coucher à l'intérieur de la hutte. Il restait étendu dans la mousse de la toundra toute la nuit, à regarder l'étoile et à espérer des nuages.

Tout le village était au courant des souffrances d'Irgak. Le sorcier avait déclaré qu'il n'avait jamais entendu parler d'une chose semblable et toutes ses prières étaient restées vaines ; les dieux n'avaient pas guéri Irgak et l'étoile était restée accrochée au-dessus du village, son œil rond et blanc fixé sur l'Inuk.

Alors, le sorcier avait dit qu'Irgak était maudit et qu'on devait le tuer si on voulait la paix. L'étoile voulait Irgak et il fallait le lui sacrifier. Mais le chef de la tribu était intervenu et avait déclaré qu'il fallait attendre quelques jours avant d'immoler Irgak. « Si dans cinq jours l'étoile et les souffrances d'Irgak ne sont pas disparues, nous tuerons Irgak. Pas avant. »

Les cinq jours s'étaient écoulés ; on était à la cinquième nuit. Irgak savait qu'on allait le tuer. Parfois il fermait les yeux et priait pour qu'on vienne le prendre tout de suite... Mais tous les Inuit étaient entrés dans leurs huttes lorsque l'étoile était apparue dans le ciel et le village était désert. Il fallait attendre à demain.

La femme s'était assoupie dans la hutte et Irgak écoutait sa respiration de femme forte en pensant aux joies qu'elle lui avait procurées et qu'il ne connaîtrait plus. Demain, il serait mort et sa femme bannie parce que femme d'un Inuk maudit.

La dent d'Irgak semblait vouloir s'enfoncer dans la

gencive et l'atroce douleur montait jusqu'à l'oreille. Irgak ne voulait pas crier pour ne pas éveiller sa femme. Il ferma les yeux quelques instants. Mais la douleur était plus vive, plus cuisante lorsque Irgak fermait les yeux. Irgak avait alors l'impression de regarder à l'intérieur de son corps et d'y chercher la douleur pour la voir, la contempler, peut-être aussi pour la saisir de ses deux mains et l'arracher. Il avait plus conscience de sa douleur. Il pouvait l'analyser, la suivre le long de la gencive, puis dans l'oreille et enfin dans la tête ; se dire : tiens, elle est rendue à tel endroit et se dirige vers tel autre ; la sentir grandissante à mesure qu'elle approchait du cerveau...

Soudain, la douleur fut si vive qu'il ouvrit les yeux. Des larmes coulaient sur ses joues, grosses et salées, et se perdaient dans son cou.

Irgak étouffa un cri. L'étoile avait démesurément grandi et était maintenant quatre ou cinq fois plus grosse que la lune. « Elle vient vers moi, se disait Irgak, elle vient me chercher. Je ne veux pas ! Je préférerais me faire tuer par mes frères plutôt que de me faire dévorer par elle ! » Il essaya de se soulever sur un coude mais une douleur à la tête le terrassa. Il resta étendu sur le sol, les yeux ouverts, le feu dans la tête.

C'est alors qu'il sentit la présence de l'autre. Il n'était plus seul sur la toundra, il en était sûr. Il tourna lentement la tête vers la rivière et ses ongles s'enfoncèrent dans la mousse. Un Inuk géant se tenait debout sur le bord de la rivière et le regardait. Un Inuk très laid, à la figure déchirée, aux mains immenses et maigres. Et ce sourire terrible ! L'Inuk géant n'avait pas de bouche, seulement une petite fente sans lèvres s'ouvrant sur un trou tout noir, sans dent.

L'Inuk regardait Irgak, sans bouger. Il semblait attendre. Irgak détourna la tête et vit que l'étoile s'était encore approchée. Elle cachait la moitié du ciel et des vents inconnus d'Irgak semblaient s'en échapper pour venir balayer la toundra.

Un grand oiseau passa à reculons dans le ciel et l'Inuk géant s'approcha d'Irgak qui ne pouvait bouger, cloué qu'il était par la peur et la souffrance.

L'Inuk s'agenouilla près d'Irgak et se pencha sur lui. Il était tellement horrible à voir qu'Irgak ferma les yeux, décidé à mourir sans les rouvrir. Il sentit une main fine et longue et froide fouiller son visage, s'arrêter sur sa bouche. Un doigt entrouvrit les lèvres et pénétra à l'intérieur de la bouche d'Irgak. Celui-ci n'avait plus la force de serrer les dents; le doigt de l'Inuk s'enfonça jusque dans sa gorge. Le cœur soulevé par une nausée, Irgak ouvrit toute grande la bouche. L'Inuk en profita pour enfoncer deux autres doigts dans sa gorge.

Irgak ne voulait pas ouvrir les yeux. L'Inuk fouillait la bouche d'Irgak, cherchant la dent, la dent d'Irgak qui faisait mal. Et quand il la trouva enfin, quand ses doigts touchèrent la dent, Irgak poussa un hurlement qui emplit la toundra et éveilla les loups, là-bas, au fond de leurs trous. Irgak n'avait pas ouvert les yeux. L'Inuk tirait de toutes ses forces sur la dent et Irgak continuait à hurler. Lorsque la dent s'arracha enfin, la douleur fut si vive qu'Irgak perdit connaissance.

La femme sortit de la hutte en courant et eut juste le temps de voir une ombre qui s'enfuyait vers la rivière. L'étoile avait disparu. Un filet de sang coulait de la bouche d'Irgak. Il ventait très fort sur la toundra.

1964

La chambre octogonale

Sitôt de retour de son voyage autour du monde, Frédéric m'avait invité à dîner chez lui pour renouer, selon son expression, une amitié malheureusement interrompue durant ce voyage. Je n'avais pas vu Frédéric depuis trois ans et je fus très surpris de voir combien il avait changé depuis son départ. Ce n'était plus le Frédéric joyeux et insouciant que j'avais toujours connu que je voyais devant moi; c'était un homme abattu, nerveux et pâle; un homme vieilli aussi. Ses tempes commençaient déjà à grisonner et des rides s'étaient creusées sur son front et de chaque côté de son nez. Ce n'était plus du tout le même homme.

La première chose que Frédéric me dit lorsqu'il me vit fut: «Tu n'as pas changé, tu n'as pas changé du tout depuis trois ans! Tu ne vieilliras donc jamais?» Je ne savais que lui répondre. Je ne voulais pas lui dire qu'il avait beaucoup vieilli, lui, et qu'il paraissait dix ans plus vieux que son âge véritable. «Je sais, avait-il dit après un silence gênant, j'ai beaucoup vieilli. Tu ne me reconnaîtras pas, tu verras! Ce voyage de trois ans, tous ces pays que j'ai visités, m'ont complètement transformé. J'ai des tas de choses à te raconter. Après le dîner, je te ferai voir mes trésors!» Mais il ne semblait pas très sincère et son sourire était forcé.

Je l'examinai attentivement durant le repas et je m'aperçus qu'il était nerveux, inquiet à un point surprenant... Il regardait souvent du côté de la porte du salon où nous dînions et n'écoutait pas la moitié de ce que je lui disais. Il semblait attendre quelqu'un ou quelque chose... Il s'efforçait d'être joyeux cependant, mais son regard trahissait de l'angoisse et je me demandais ce qui pouvait tant l'effrayer. Car il avait peur, j'en étais certain. À la fin du repas, il tremblait et des sueurs coulaient sur son front. Il avait détaché le col de sa chemise et ses mains s'agitaient sans cesse, courant d'un verre à un autre, de la nappe à son front trempé...

Lorsque nous quittâmes le salon, il était tellement nerveux qu'il avait peine à se tenir debout.

Quand il eut refermé la porte de la bibliothèque derrière nous, il se précipita vers moi, me suppliant de le sauver, de le délivrer de ces choses affreuses qui le poursuivaient partout et le tourmentaient sans cesse. Je ne comprenais rien à ce qu'il me disait et fus obligé de le secouer violemment pour qu'il se tranquillise un peu. «Qu'est-ce que tu as? lui demandai-je lorsqu'il se fut calmé. Es-tu malade? Je ne comprends rien à tes histoires... Explique-toi plus clairement!» Frédéric s'était assis dans un fauteuil et semblait avoir encore vieilli de dix ans. «C'est terrible, dit-il enfin. Parfois, j'ai l'impression que tout ce qui m'arrive n'existe pas réellement et que je suis fou. Mais je ne suis pas fou... Ces choses sont réelles et je ne puis m'en débarrasser!

— Mais quelles choses, demandai-je, quelles choses?

—- Tu le sauras tout à l'heure, me répondit Frédéric. Je sens qu'elles vont venir. Je croyais qu'elles ne viendraient pas, aujourd'hui, c'est pourquoi je t'ai invité à dîner. Mais, pendant le repas, je les ai entendues qui marchaient derrière la porte de la chambre octogonale — c'est dans cette pièce qu'elles se sont réfugiées depuis mon retour — et je suis sûr qu'elles se préparent à se jeter sur moi aussitôt que ma volonté sera trop faible pour les combattre. »

Je croyais que Frédéric était devenu fou. Qu'étaient donc ces choses dont il parlait et pourquoi s'étaient-elles réfugiées dans la chambre octogonale ?

Je me levai et me dirigeai vers la porte.

— Où vas-tu ? me demanda Frédéric.

— Dans la chambre octogonale, répondis-je.

— Non, non, n'y va pas ! N'ouvre pas la porte de cette chambre ! Elles viendraient en plus grand nombre et me tueraient !

— Mais qui, elles ? Que sont-elles ? Il faut me le dire, Frédéric. Il faut que je sache si tu veux que je t'aide !

— Tu ne me croirais pas si je te disais ce qu'elles sont... Quand tu les auras vues, tu me croiras. Ne va pas dans la chambre octogonale. Elles vont venir ici. Tu les verras. Point n'est besoin d'aller dans la chambre octogonale. Elles vont venir ici. Tu les verras. Si tu n'ouvres pas la porte de la chambre octogonale, elles ne viendront pas toutes. Mais si tu ouvres la porte, elles pourront s'échapper par milliers, par millions !

Frédéric s'était levé. Il criait comme un fou, gesticulant et courant presque dans la pièce. « Tu dois t'imaginer ces choses, lui dis-je en ouvrant la porte de la bibliothèque. Viens avec moi dans la chambre octogonale, tu verras qu'il n'y a rien. C'est la seule façon de te libérer de tes hallucinations.

— Non, n'y va pas, je t'en supplie ! Tu le regretterais ! »

Il me suivait alors que je me dirigeais vers la chambre octogonale, essayant de me retenir par les épaules ou par mon habit. Je lui donnai une poussée et il s'écroula sur le tapis du corridor en sanglotant. Il était au paroxysme de la folie et criait comme quelqu'un qu'on torture. « Tu le regretteras ! Tu seras responsable de ma mort ! Tu seras mon assassin ! Si tu ouvres cette porte, tu me tues ! »

Arrivé à la chambre octogonale qui se trouvait au fond du corridor du rez-de-chaussée, je collai une oreille à la porte. Je n'entendais rien. Tout était silencieux dans la pièce.

La chambre octogonale, ainsi appelée à cause de ses huit murs et aussi à cause de la forme octogonale de tous les meubles et de tous les objets qui s'y trouvaient, était la chambre des grands-parents de mon ami. La grand-mère de Frédéric, qui avait été une femme fort originale et fort étrange, avait un jour décidé de se faire construire une chambre ayant la forme d'un octogone et dans laquelle seraient placés un lit octogonal, des meubles, des accessoires octogonaux... Elle avait vécu très heureuse dans cette pièce et s'y était suicidée à l'âge de quatre-vingts ans.

— Je n'entends rien, dis-je à Frédéric qui s'était relevé et qui se tenait debout au milieu du corridor, les yeux sortis de la tête. Il n'y a rien d'extraordinaire dans cette pièce.

J'ouvris la porte brusquement. Frédéric hurla de peur et se précipita dans la bibliothèque, refermant la porte derrière lui.

Il n'y avait rien de suspect dans la chambre octogonale. Mais cette pièce était vraiment étrange. Je n'y étais jamais entré sans me sentir mal à l'aise. J'avais toujours eu l'impression que cette pièce était l'œuvre d'un esprit dérangé. Pourtant, Frédéric m'avait juré que sa grand-mère n'avait jamais été folle... Ce qui m'étonnait le plus quand j'entrais dans cette pièce, c'était la fenêtre. Cette fenêtre à huit côtés ressemblait à un hublot de navire et j'étais toujours surpris d'apercevoir un jardin avec des arbres et des fleurs quand je regardais au-dehors...

Je fouillai partout, cherchant... je ne savais quoi au juste. Je ne trouvai rien. La chambre octogonale était tout à fait inoffensive. Je sortis de la pièce en laissant la porte ouverte et me dirigeai vers la bibliothèque. Je trouvai Frédéric presque évanoui dans un fauteuil. «Il n'y a rien dans cette pièce, lui dis-je. Tu dois t'imaginer ces choses. Tu devrais voir un médecin.

— Ferme la porte, souffla mon ami, cela les retardera quelques instants.»

Je fermai la porte et m'approchai de Frédéric. «Il faut tout me dire, lui dis-je doucement. Je pourrai peut-être t'aider quand je saurai. Raconte-moi tout.»

Mais Frédéric refusa de tout m'expliquer. Il me dit seulement que ces choses le suivaient depuis son départ d'Afrique, l'attaquant presque chaque jour... «Elles n'ont pas encore réussi à me tuer parce qu'elles ne m'attaquent jamais en grand nombre. J'ai réussi à en tuer des milliers, mais d'autres viennent remplacer celles que je tue, des plus grosses, des plus féroces. Le jour où elles viendront toutes... Quand je suis revenu ici, hier, elles se sont installées dans la chambre octogonale. Elles se sont sûrement multipliées durant la nuit... Elles ont fait un bruit terrible dans la chambre octogonale... toute la nuit... un bruit terrible. Mais elles ne sont pas sorties de la chambre octogonale. Ce matin, je ne les entendais plus. Alors j'ai cru qu'elles me laisseraient en paix pour un jour ou deux comme elles le font quelquefois... Mais tu leur as ouvert la porte. Elles vont venir, oh ! elles vont venir et me tueront ! »

À peine avait-il prononcé ces mots que j'entendis un drôle de bruit dans le corridor. Frédéric avait entendu, lui aussi. Il me prit la main et me dit : « Les voilà ! Adieu, mon ami. Cette fois, elles viendront en très grand nombre pour me tuer. Tu les entends ? Elles sont sorties de la chambre octogonale et se dirigent vers nous ! »

Je me levai et voulus jeter un coup d'œil dans le corridor mais Frédéric me regarda d'une façon tellement suppliante que je n'eus pas le courage de le contrarier.

Le bruit grandissait de seconde en seconde et devenait assourdissant. C'était un bruit étrange, comme celui que feraient des millions de petites pattes et de petites bouches. C'était comme si un nombre incalculable de petites bêtes se fussent promenées dans le corridor, se bousculant, se poussant pour arriver au plus vite... je ne sais où. Cela craquait comme si on eût écrasé des tonnes de cancrelats ou d'autres petits insectes. Et cet affreux cliquetis grandissait toujours, s'approchant de plus en plus de la bibliothèque. Nous regardions la porte, Frédéric et moi, et nous avions peur. Je commençais à croire ce que m'avait raconté mon ami.

Soudain, Frédéric, bondissant de son siège, cria : « Regarde ! Il y en a quelques-unes qui passent sous la porte ! » J'avais beau regarder l'endroit que me montrait mon ami, je ne voyais rien. J'entendais seulement le bruit horrible qui venait du corridor. « Je ne vois rien », criai-je à mon tour, énervé. « Si, si, regarde, elles se dirigent vers toi ! Pousse-toi contre le mur, elles vont t'atteindre, elles sont tout près de toi ! » Mais je ne voyais rien ! Je ne voyais rien ! Je me mis à hurler de peur et me collai contre le mur.

Frédéric commença à courir dans la pièce. Il se donnait des claques un peu partout sur le corps comme pour écraser des choses qui se seraient accrochées à ses vêtements. Mais il n'y avait rien sur les vêtements de Frédéric ! Et ce maudit bruit qui augmentait encore !

La porte de la bibliothèque, pourtant de chêne massif, se mit soudain à plier sous une poussée formidable de ces choses que je ne pouvais voir. Le bois craquait, les pentures s'arrachaient... Elle céda tout d'un coup et un flot de bruit s'engouffra dans la pièce. Frédéric ne criait plus. Il semblait être assailli par des millions de bêtes qui le dévoraient... Il tomba à la renverse sous la poussée de ces êtres invisibles et se remit à crier. «J'en ai plein la bouche ! J'en ai plein les yeux ! Elles me dévorent ! Tu m'as tué ! Tu m'as tué ! »

Je fermai les yeux alors que le bruit était à son apogée...

1964

Le diable et le champignon

C'était un grand diable de diable. Comme tous les diables, il avait une queue. Une drôle de queue. Une queue de diable, toute longue, et qui traînait par terre. Et qui se terminait en pointe de flèche. Bref, c'était un grand diable de diable avec une queue.

Il marchait sur la route et toutes les filles qu'il rencontrait s'enfuyaient en tenant leurs jupes. Lorsqu'elles étaient rendues chez elles, elles criaient : « J'ai vu le diable ! Le diable est là, je l'ai vu ! C'est vrai, je vous le dis ! »

Et le diable continuait sa route. Les regardait s'enfuir en souriant.

Il arriva à une auberge. « À boire ! » cria le diable. On lui servit à boire. L'aubergiste avait peur. « Tu as peur du diable ? » demanda le diable. « Oui », répondit timidement l'aubergiste et le diable rit. « Ton vin est bon, aubergiste, je reviendrai ! » L'aubergiste baissa la tête en s'essuyant les mains sur son tablier d'aubergiste. Blanc. Mais sale. Avec dessus des traces de sauces, de viandes, de légumes qu'on vient d'arracher de terre, de charbon aussi parce qu'il faut bien allumer les fourneaux, le matin. « Pour une fois, pensait l'aubergiste, j'eusse préféré que mon vin fût moins bon ! » Et le diable qui lisait dans les pensées comme tous les diables rit plus fort et même se tapa sur les cuisses.

Mais quelqu'un était entré dans l'auberge et le diable se tut. C'était un garçon. Un garçon jeune avec une figure belle. «D'où vient ce roulement de tambour que j'entends?» demanda le diable. «Je ne sais pas, répondit le garçon. Ce roulement de tambour m'accompagne partout depuis que je suis né sans que je sache d'où il vient. C'est toujours comme ça. Il est toujours avec moi.» Le diable s'approcha du garçon et s'assit à côté de lui sur un banc. «Tu es soldat?» demanda le diable. Et à l'instant même le tambour s'arrêta. «Soldat? Qu'est-ce que c'est?» demanda à son tour le garçon. «Comment, s'écria le diable, tu ne sais pas ce que c'est qu'un soldat? Aubergiste, voilà un garçon qui ne sait pas ce que c'est qu'un soldat!» L'aubergiste, qui était retourné à sa cuisine, revint dans la salle et dit: «Moi non plus je ne sais pas ce que c'est qu'un soldat.»

— Mais voyons, cria le diable, voyons, voyons! Un soldat, c'est quelqu'un qui fait la guerre!

— La guerre? dit le garçon. Qu'est-ce que c'est?

— Tu ne sais pas ce que c'est que la guerre? demanda le diable.

— Non. C'est là un mot que je ne connais pas, répondit le garçon.

— C'est un mot tout nouveau pour nous, ajouta l'aubergiste.

Alors le diable en furie hurla en se tenant la tête à deux mains: «Aurais-je oublié d'inventer la guerre?»

Sur la route, près de l'auberge, une petite fille chantait:

> *Une femme a ouvert la porte.*
> *Le diable a crié: «Mourez.»*
> *La femme à l'instant est morte*
> *Et dans les enfers est allée.*

158

— Je veux un morceau de charbon, cria le diable. L'aubergiste lui en apporta un. «Il n'est pas assez gros. Il me faut un gros morceau de charbon. Il me faut le plus gros morceau de charbon!» L'aubergiste lui donna alors le plus gros morceau de charbon qu'il possédait. «Il n'est pas encore assez gros!» dit le diable. L'aubergiste répondit: «Il n'y en a pas de plus gros. C'est lui, le plus gros. Le plus gros que j'ai.

— C'est bon, fit le diable, contrarié, puisque c'est le plus gros que tu as...

Alors le diable monta sur la table et fit ce discours: «Vous qui ignorez ce que c'est que la guerre, ouvrez bien grandes vos oreilles!» La salle de l'auberge était pleine à craquer. Même que l'aubergiste s'était vu obligé de faire asseoir des gens au plafond. «Regardez sur ce mur, continua le diable. Avec ce mauvais morceau de charbon, je vais vous montrer ce que c'est que la guerre!» Se précipitant alors sur le mur, le diable se mit à dessiner farouchement. Le dessin qu'il fit était le dessin d'un champignon. Un immense champignon qui emplissait le mur de l'auberge. Quand il eut fini, le diable revint d'un bond sur la table et déclara: «Voilà. Je vous ai dessiné une guerre. Une petite guerre, mon morceau de charbon étant trop petit pour que je puisse vous en dessiner une grosse, une vraie.» Tout le monde disparut en applaudissant et il ne resta plus dans l'auberge que le diable, le garçon et l'aubergiste. «Mais c'est un champignon! dit le garçon en riant. Un vulgaire champignon! Et un soldat, c'est quelqu'un qui cultive les champignons?»

— Tu ne comprends rien, dit le diable en faisant tourner sa queue, rien de rien. Ce champignon-là n'est pas un champignon ordinaire! Tu sais ce que c'est qu'un fusil?

— Oui, répondit le garçon.

— Ah! voilà au moins une chose que je n'ai pas oublié d'inventer, c'est déjà ça. Tu as un fusil?

— Oui.

— Va me le chercher tout de suite. La guerre ne peut attendre. Elle a assez tardé!

Le garçon s'en fut chercher son fusil cependant que le diable buvait une autre bouteille de vin (c'était un diable un peu ivrogne).

L'aubergiste regardait le champignon qui était sur le mur et se grattait la tête en pensant: «Quand même, un si gros champignon... quelle économie!» Et il retourna à sa cuisine.

Le diable, lui, n'était pas content. «Imbécile, se disait-il, espèce d'imbécile, de triple buse, de stupide, d'abruti que je suis! Voilà pourquoi nos affaires allaient si mal! J'avais oublié d'inventer la guerre! Ah! mais ils ne perdent rien pour attendre! Je vais leur en tripoter une sucrée, de guerre! Une vraie de vraie! Ah! ils ne savent pas ce que c'est que la guerre! Foi de diable, ils ne seront pas longs à l'apprendre! Il va leur péter à la figure la plus belle petite...»

Déjà, le garçon était de retour avec son fusil. Quand le diable vit le fusil du garçon, sa colère redoubla. Comment, c'était là un fusil? On le prenait pour un idiot, ou quoi? Tout rouillé! Tout crotté! Même qu'il y manquait des morceaux! Le diable s'empara du fusil et le tordit. Le garçon ouvrit grand les yeux et dit: «Oh!»

Le diable s'approcha du foyer, prit le tisonnier et en soufflant dessus en fit le plus beau fusil qu'on avait jamais vu. Le garçon dit au diable: «Je peux le toucher?»

— Mais comment donc, répondit le diable. Il est à

toi. Je te le donne!» Le garçon le remercia. «Ne me remercie pas, cela me déçoit toujours!»

Le garçon serrait le fusil contre lui, et l'embrassait. Il se mit à danser en le tenant dans ses bras comme s'il se fût agi d'une femme. «Tu l'aimes bien, le fusil, hein?» fit le diable. «Oh! oui», répondit le garçon en dansant. Le diable l'arrêta d'un geste et le fit reculer jusqu'au banc. «Comment appelle-t-on le pays voisin? Le pays qui touche au tien?» demanda-t-il au garçon. Ce dernier parut fort surpris. «Le pays voisin? Mais il n'y a pas de pays voisin! Il n'y a qu'un pays, le monde. Le monde est un pays. Le mien.» Le diable flanqua deux gifles au garçon qui tourna deux fois sur lui-même.

— A-t-on déjà vu gens aussi ignorants! rugit le diable. Le monde, un pays? Mais vous êtes tous fous! Voyons... pour faire une guerre, il faut au moins deux pays. Disons que le village qui se trouve de l'autre côté de la rivière est un autre pays. Un pays ennemi. Surtout, ne me dis pas que tu ignores ce que signifie le mot ennemi ou je te flanque deux autres claques! Tu hais les gens de l'autre village... tu les hais de tout ton cœur, tu entends?

— Mais ma fiancée...

— Et ta fiancée aussi! Elle, plus que les autres! Tu les hais tous et tu veux les tuer!»

Le garçon bondit sur ses pieds. «Avec mon fusil? cria-t-il. Mais c'est impossible! Nous ne nous servons de nos fusils que pour tuer les oiseaux ou les animaux...»

— Tu veux les tuer avec ton fusil parce que c'est comme ça que doit commencer la première guerre! Tu seras le premier soldat!

— Il faut donc tuer des gens pour faire la guerre? dit le garçon en regardant le champignon.

— Oui, c'est ça. Faire la guerre, c'est tuer des gens. Des tas de gens! Tu verras comme c'est amusant!

— Et le champignon? demanda le garçon.

— Le champignon? Il viendra plus tard. Beaucoup plus tard. Tu seras peut-être mort, alors.

— Tué?

— Probablement.

— Dans la guerre?

— Oui.

— Alors, je ne veux pas être soldat. Ni faire la guerre.

Le diable monta sur la table et poussa un terrible hurlement de diable. «Tu feras ce que je te dirai de faire!» cria-t-il ensuite au garçon.

L'aubergiste sortit de sa cuisine. Il tirait derrière lui un immense chaudron. «Je voudrais que vous me disiez où je pourrais trouver un champignon aussi gros que celui-là qui est sur le mur», dit-il en montrant le champignon. «Retourne à ta cuisine, homme ignorant! hurla le diable. Ce n'est pas toi qui mangeras ce champignon, c'est lui qui te dévorera!»

Le diable descendit de la table, prit le garçon par les épaules, le fit asseoir et lui dit: «Tu es un homme, je suppose que tu aimes te battre... Non, ne m'interromps pas, j'ai compris. Tu ne t'es jamais battu, n'est-ce pas? Si je ne l'étais pas déjà, tu me ferais sûrement damner... Écoute... Tu n'aimerais pas voir surgir devant toi quelqu'un qui t'est antipathique depuis toujours... Il doit bien y avoir quelqu'un que tu n'aimes pas particulièrement... quelqu'un que tu pourrais haïr franchement et avec qui tu pourrais te battre... Il ne t'est jamais arrivé de sentir le besoin de haïr? Le besoin de te battre?» Le garçon répondit tout bas : « Oui, j'ai déjà ressenti ce besoin et j'aimerais me battre avec...

— Qui, qui ? cria le diable.

— Le frère de ma fiancée qui s'oppose à notre mariage.

La porte de l'auberge s'ouvrit aussitôt et le frère de la fiancée parut. « Vas-y, souffla le diable à l'oreille du garçon, profite de l'occasion ! Personne ne vous verra ni ne vous entendra. Provoque-le... dis-lui des choses désagréables... la bataille viendra toute seule. »

Le garçon se leva, s'approcha du frère de sa fiancée et lui dit quelque chose à l'oreille. Le frère sursauta et regarda le garçon avec de grands yeux interrogateurs. Alors le garçon lui cracha à la figure. Les deux hommes sortirent de l'auberge pendant que le diable s'installait à la fenêtre.

Au bout de deux minutes à peine, le garçon rentra dans l'auberge. Il était couvert de poussière et ses vêtements étaient éclaboussés de sang. Il avait une lueur au fond des yeux et il souriait. « Je l'ai tué, cria-t-il, je l'ai tué et j'ai joui de le voir mourir ! »

Une fanfare envahit la cour de l'auberge. Une fanfare de diables qui jouait des airs que les soldats aiment.

— Suivons la fanfare, dit le diable au garçon. Allons au village voisin apprendre aux paysans que tu as tué leur fils... Ils sortiront leurs fusils... voudront t'attaquer... les tiens viendront te défendre... Allons-y, soldat, la guerre nous attend !

La fanfare, le diable et le soldat partirent dans la direction du village d'à côté. Et la fanfare jouait de beaux airs, et le diable dansait, et le garçon riait... Alors le soldat se multiplia : deux soldats, puis quatre soldats, puis huit, puis seize, puis trente-deux, puis soixante-quatre, puis cent vingt-huit, puis deux cent cinquante-six, puis cinq cent douze, puis mille vingt-quatre, puis deux mille quarante-huit, puis quatre mille quatre-vingt-seize... Il y eut des injures, des insultes, puis des coups, puis des coups de fusil ; on courait, on se cachait, on attaquait, on se défendait, on se tuait, on tombait, on se relevait, on retombait... Arrivèrent les fusils ; toutes sortes de fusils, des petits, des moyens, des gros, des moins petits et des plus gros, des plus petits et des moins gros ; puis des canons, des mitraillettes, des avions munis d'armes, des navires munis d'armes, des autos, des trains, des tracteurs, des autobus, des voitures de pompiers, des bicyclettes, des trottinettes, des voitures de bébés munis d'armes... La lutte augmentait toujours, toujours, sans jamais s'arrêter. Cela durait, et durait, et durait, et durait...

Puis, un jour où le ciel était clair, le diable fit un petit signe de la main et le champignon parut.

1964

F I N

Bibliographie

Romans et contes

Contes pour buveurs attardés, Montréal, Éditions du Jour, coll. «Les Romanciers du Jour», n° R-18, 1966, 158 p.

La cité dans l'œuf. Roman, Montréal, Éditions du Jour, 1969, 182 p.

C't'à ton tour, Laura Cadieux. Roman, Montréal, Éditions du Jour, coll. «Les Romanciers du Jour», n° R-94, 1973, 131[3] p.

La grosse femme d'à côté est enceinte, Montréal, Leméac, coll. «Roman québécois», n° 28, 1978, 329 p. (En tête de titre: «Chroniques du Plateau Mont-Royal», 1)

Thérèse et Pierrette à l'école des Saints-Anges, Montréal, Leméac, coll. «Roman québécois», n° 42, 1980, 387[1]p. (En tête de titre: «Chroniques du Plateau Mont-Royal», 2)

La duchesse et le roturier, Montréal, Leméac, coll. «Roman québécois», n° 60, 1982, 390 p. (En tête de titre: «Chroniques du Plateau Mont-Royal», 3)

Des nouvelles d'Édouard, Montréal, Leméac, coll. «Roman québécois», n° 81, 1984, 312 p. (En tête de titre: «Chroniques du Plateau Mont-Royal», 4)

Le cœur découvert. Roman d'amours, Montréal, Leméac, coll. «Roman québécois», n° 105, 1986, 318 p.

Le premier quartier de la lune, Montréal, Leméac, coll. «Roman Leméac», 1989, 283 p. (En tête de titre: «Chroniques du Plateau Mont-Royal», 5)

Les vues animées, Montréal, Leméac, coll. «Roman Leméac», 1990, 192 p.

Douze coups de théâtre, Montréal, Leméac, coll. «Roman Leméac», 1992, 265 p.

Le cœur éclaté, Montréal, Leméac, 1993, 311 p.

Un ange cornu avec des ailes de tôle, Montréal, Leméac/Actes Sud, 1994, 256 p.

La nuit des princes charmants, Montréal, Leméac/Actes Sud, 1995, 224 p.

Quarante-quatre minutes quarante-quatre secondes, Montréal/ Arles, Leméac/Actes Sud, 1997, 358 p.

Un objet de beauté, Montréal/Arles, Leméac/Actes Sud, 1997, 339 p.

Disponibles dans «Bibliothèque québécoise»:

—*Contes pour buveurs attardés*
—*La duchesse et le roturier*
—*La cité dans l'œuf*
—*C't'à ton tour, Laura Cadieux*

Disponibles dans «Babel»:

—*Un ange cornu avec des ailes de tôle*
—*Le cœur éclaté*
—*Le cœur découvert*
—*Douze coups de théâtre*
—*Des nouvelles d'Édouard*
—*La grosse femme d'à côté est enceinte*
—*Thérèse et Pierrette à l'école des Saints-Ange*
—*Le premier quartier de la lune*

Théâtre

Les belles-sœurs, Montréal, Holt, Rinehart et Winston, coll. «Théâtre vivant», nº 6, 1968, 71 p.;
présentation d'Alain Pontaut, Montréal, Leméac, coll. «Théâtre canadien», nº 26, 1972, VII, 156 p.

En pièces détachées suivi de *La duchesse de Langeais,* présentation de Jean-Claude Germain, Montréal, Leméac, coll. «Répertoire québécois», nº 3, 1970, 94 p. [v. p. [11]-63]

La duchesse de Langeais, précédé de *En pièces détachées.* Montréal, Leméac, coll. «Répertoire québécois», nº 3, 1970, 94 p. [v. p. 65-94]

À toi pour toujours, ta Marie-Lou, présentation de Michel Bélair, Montréal, Leméac, coll. «Théâtre canadien», nº 21, 1971, 94 p.

Trois petits tours... Triptyque composé de «Berthe», «Johnny Mangano and his Astonishing Dogs», et «Gloria Star», Montréal, Leméac, coll. «Répertoire québécois», nº 8, 1971, 64 p.

Demain matin, Montréal m'attend, Montréal, Leméac, coll. «Répertoire québécois», nº 17, 1972, 90 p.

Hosanna suivi de *La duchesse de Langeais,* Montréal, Leméac, coll. «Répertoire québécois», nᵒˢ 32-33, 1973, 106 p. [v. p. [7]-75]

Bonjour, là, bonjour, Montréal, Leméac, coll. «Théâtre canadien», nº 41, 1974, 111 p.

Les héros de mon enfance, précédé d'un avertissement de l'auteur, Montréal, Leméac, coll. «Théâtre», nº 54, 1976, 108 p.

Sainte-Carmen de la Main, présentation de Yves Dubé, Montréal, Leméac, coll. «Théâtre», nº 57, 1976, 88 p.

Damnée Manon, sacrée Sandra, suivi de *Surprise! Surprise!,* présentation de Pierre Filion, Montréal, Leméac, coll. «Théâtre», nº 62, 1977, 125 p. [v. p. 25-66]

Surprise! Surprise!, précédé de *Damnée Manon, sacrée Sandra,* présentation de Pierre Filion, Montréal, Leméac, coll. «Théâtre», nº 62, 1977, 125 p. [v. p. 67-115]

L'impromptu d'Outremont, présentation de Laurent Mailhot, Montréal, Leméac, coll. «Théâtre», nº 86, 1980, 122 p.

Les anciennes odeurs, présentation de Guy Ménard, Montréal, Leméac, coll. «Théâtre», nº 106, 1981, 103 p.

Albertine en cinq temps, Montréal, Leméac, coll. «Théâtre», nº 135, 1984, 103 p.

Le vrai monde ?, Montréal, Leméac, coll. «Théâtre», nº 161, 1987, 106 p.

Nelligan, Montréal, Leméac, coll. «Théâtre», nº 161, 1990, 96 p.

La maison suspendue, Montréal, Leméac, coll. «Théâtre», 1990, 128 p.

Le train, Montréal, Leméac, coll. «Théâtre», nº 187, 1990, 54 p.

Théâtre 1, Montréal/Arles, Leméac/Actes Sud-Papiers, 1991, 442 p.

Marcel poursuivi par les chiens, Montréal, Leméac, coll. «Théâtre», nº 195, 1992, 72 p.

En circuit fermé, Montréal, Leméac, coll. «Théâtre», 1994, 128 p.

Messe solennelle pour une pleine lune d'été, Montréal, Leméac, coll. «Théâtre», 1996, 128 p.

Traductions et adaptations

Lysistrata, d'après Aristophane. Adaptation d'André Brassard et de Michel Tremblay, texte de Michel Tremblay, Montréal, Leméac, coll. «Répertoire québécois», n°2, 1969, 93 p.

L'effet des rayons gamma sur les vieux-garçons, d'après l'œuvre de Paul Zindel, Montréal, Leméac, coll. «Traduction et adaptation», n°1, 1979, 70[1] p.

«*...Et Mademoiselle Roberge boit un peu...* ». Pièce en trois actes de Paul Zindel adaptée par Michel Tremblay, Montréal, Leméac, coll. «Traduction et adaptation», n°3, 1971, 95[1] p.

Mademoiselle Marguerite (de Roberto Athayde), traduction et adaptation de Michel Tremblay, Montréal, Leméac, coll. «Traduction et adaptation», n°6, 1975, 96[1] p.

Oncle Vania (d'Anton Tchekhov), adaptation de Michel Tremblay avec la collaboration de Kim Yaroshevskaya, Montréal, Leméac, coll. «Traduction et adaptation», n°10, 1983, 125 p.

Le gars de Québec. D'après *Le Revizor* de Gogol, Montréal, Leméac, coll. «Traduction et adaptation», n°11, 1985, 173 p.

Six heures au plus tard (de Marc Perrier), adaptation de Michel Tremblay, Montréal, Leméac, 1986, 128 p.

Premières de classe (de Casey Kurtti), traduction et adaptation de Michel Tremblay, Montréal, Leméac, 1993, 99 p.

Films

Françoise Durocher, waitress, Office National du Film, 1972, 29 min., scénario : Michel Tremblay; réalisation : André Brassard.

Il était une fois dans l'Est, Ciné/An, Montréal, 100 min., scénario : André Brassard et Michel Tremblay; dialogues : Michel Tremblay; réalisation : André Brassard.

Parlez-nous d'amour, Films 16, Montréal, 1976, 122 min., scénario : Michel Tremblay; réalisation : Jean-Claude Lord.

Le soleil se lève en retard, Films 16, Montréal, 1977, 111 min., scénario : Michel Tremblay; réalisation : André Brassard.

Études

BÉLAIR, Michel, *Michel Tremblay,* Montréal, PUQ, coll. « Studio », 1972, 95 p.

BIBLIOTHÈQUE DU SÉMINAIRE DE SHERBROOKE, *Michel Tremblay. Dossier de presse,* Sherbrooke, Séminaire de Sherbrooke, 2 vol. : t. I, *1966-1981,* 1981, 226 p.; t. II, *1974-1987,* 1988, 174 p.

DAVID, Gilbert et Pierre LAVOIE (dir.), *Le monde de Michel Tremblay,* Montréal/Carnières, Cahiers de théâtre Jeu/Éditions Lansman, 1993, 479 p.

Dictionnaire des œuvres littéraires du Québec, dans Maurice LEMIRE (dir.), Montréal, Fides, t. IV : *1960-1969,* 1984, et t. V : *1970-1975,* 1987.

GODIN, Jean Cléo et Laurent MAILHOT, *Théâtre québécois I. Introduction à dix dramaturges contemporains.* Nouvelle édition, présentation d'Alonzo LeBlanc, Montréal, Bibliothèque québécoise, 1988, 366[1] p. [V. *«Les belles- sœurs* ou l'enfer des femmes», p. 273-290]

——, *Théâtre québécois II. Nouveaux auteurs, autres spectacles.* Nouvelle édition, présentation d'Alonzo LeBlanc, Montréal, Bibliothèque québécoise, [1988], 366[1] p. [V. «Tremblay : marginaux en chœur», p. 243-279]

JOSSELIN, Jean-François, «Une mélancolie si gaie», *Le Nouvel Observateur,* 7 septembre 1995.

Nord, n° 1, automne, 1971, p. 3-84.

PAGNARD, Rose-Marie, «Comment un garçon fou de livres est devenu écrivain», *Le Nouveau Quotidien,* 21 octobre 1994.

Québec français, n° 44, décembre 1981, p. 37-44.

Voix et Images, vol. VII, n° 2, hiver 1982, p. [213]-326. [Excellente bibliographie de Pierre Lavoie, p. 227-306].

*Bibliographie établie
par Aurélien Boivin
Département des littératures
Université Laval (Québec)*

Table des matières

Avant-propos 7

PREMIÈRE PARTIE
Histoires racontées par des fumeurs

1er buveur : Le pendu 15

2e buveur : Circé 19

3e buveur : Sidi bel Abbes ben Becar 23

4e buveur : L'œil de l'idole 25

5e buveur : Le vin de Gerblicht 33

6e buveur : Le fantôme de Don Carlos 41

Le soûlard 53

DEUXIÈME PARTIE
Histoires racontées pour des buveurs

La dernière sortie de Lady Barbara 59

Angus ou la lune vampire 69

Maouna 75

La treizième femme du baron Klugg 79

Monsieur Blink 87

La danseuse espagnole 91

Amenachem 95

Les escaliers d'Erika 107

Le Warugoth-Shala 115

Wolfgang, à son retour 121

Douce chaleur 127

Les mouches bleues... 133

Jocelyn, mon fils 135

Le dé 139

La femme au parapluie 143

La dent d'Irgak 145

La chambre octogonale 149

Le diable et le champignon 157

Bibliographie 165

Jean-Pierre April
Chocs baroques

Hubert Aquin
Journal 1948-1971
L'antiphonaire
Trou de mémoire
Mélanges littéraires I.
   Profession: écrivain
Mélanges littéraires II.
   Comprendre dangereusement
Point de fuite
Prochain épisode
Neige noire
Récits et nouvelles.
   Tout est miroir

Bernard Assiniwi
Faites votre vin vous-même

Philippe Aubert de Gaspé
Les anciens Canadiens

**Philippe Aubert
de Gaspé fils**
L'influence d'un livre

Noël Audet
Quand la voile faseille

François Barcelo
La tribu
Ville-Dieu

Honoré Beaugrand
La chasse-galerie

Arsène Bessette
Le débutant

Marie-Claire Blais
L'exilé *suivi de*
   Les voyageurs sacrés

Jean de Brébeuf
Écrits en Huronie

Jacques Brossard
Le métamorfaux

Nicole Brossard
À tout regard

Gaëtan Brulotte
Le surveillant

Arthur Buies
Anthologie

André Carpentier
L'aigle volera à travers le soleil
Rue Saint-Denis

Denys Chabot
L'Eldorado dans les glaces

Robert Charbonneau
La France et nous. Journal
   d'une querelle

Adrienne Choquette
Laure Clouet

Robert Choquette
Le sorcier d'Anticosti

Laure Conan
Angéline de Montbrun

Maurice Cusson
Délinquants pourquoi?

Alfred DesRochers
À l'ombre de l'Orford *suivi de*
   L'offrande aux vierges folles

Léo-Paul Desrosiers
Les engagés du Grand Portage

Pierre DesRuisseaux
Dictionnaire des expressions
   québécoises
Le petit proverbier

Henriette Dessaulles
Journal. Premier cahier
   1874-1876

Georges Dor
Poèmes et chansons d'amour
   et d'autre chose

Fernand Dumont
Le lieu de l'homme

Robert Élie
La fin des songes

Faucher de Saint-Maurice
À la brunante

Jacques Ferron
La charrette
Contes
Escarmouches

Madeleine Ferron
Cœur de sucre
Le chemin des dames

Jacques Folch-Ribas
Une aurore boréale
La chair de pierre

Jules Fournier
Mon encrier

Guy Frégault
La civilisation de la
   Nouvelle-France 1713-1744

François-Xavier Garneau
Histoire du Canada
   depuis sa découverte
   jusqu'à nos jours

**Hector de
Saint-Denys Garneau**
Journal
Regards et jeux dans l'espace
   suivi de Les solitudes

Jacques Garneau
La mornifle

Antoine Gérin-Lajoie
Jean Rivard, le défricheur
   suivi de
   Jean Rivard, économiste

Rodolphe Girard
Marie Calumet

André Giroux
Au-delà des visages

**Jean Cléo Godin
et Laurent Mailhot**
Théâtre québécois *(2 tomes)*

Alain Grandbois
Avant le chaos

François Gravel
La note de passage

Yolande Grisé
La poésie québécoise avant
   Nelligan. Anthologie

Lionel Groulx

Notre grande aventure
Une anthologie

Germaine Guèvremont

Le Survenant
Marie-Didace

Pauline Harvey

La ville aux gueux
Encore une partie pour Berri
Le deuxième monopoly
  des précieux

Anne Hébert

Le torrent
Le temps sauvage *suivi de*
  La mercière assassinée *et de*
  Les invités au procès

Louis Hémon

Maria Chapdelaine

Suzanne Jacob

La survie

Claude Jasmin

La sablière - Mario
Une duchesse à Ogunquit

Patrice Lacombe

La terre paternelle

Rina Lasnier

Mémoire sans jours

Félix Leclerc

Adagio
Allegro
Andante
Le calepin d'un flâneur
Cent chansons
Dialogues d'hommes
  et de bêtes
Le fou de l'île
Le hamac dans les voiles
Moi, mes souliers

Pieds nus dans l'aube
Le p'tit bonheur
Sonnez les matines

Michel Lord

Anthologie de la science-fiction
  québécoise contemporaine

Hugh MacLennan

Deux solitudes

Antonine Maillet

Pélagie-la-Charrette
La Sagouine
Les Cordes-de-Bois

André Major

L'hiver au cœur

Gilles Marcotte

Une littérature qui se fait

Claire Martin

Doux-amer

Guylaine Massoutre

Itinéraires d'Hubert Aquin

Marshall McLuhan

Pour comprendre les médias

Émile Nelligan

Poésies complètes
  Nouvelle édition refondue et révisée

Francine Noël

Maryse
Myriam première

Fernand Ouellette

Les actes retrouvés. Regards
  d'un poète

**Madeleine
Ouellette-Michalska**

La maison Trestler
  ou le 8ᵉ jour d'Amérique

Stanley Péan
La plage des songes
    et autres récits d'exil

Daniel Poliquin
L'Obomsawin

Jacques Poulin
Faites de beaux rêves
Le cœur de la baleine bleue

Jean Provencher
Chronologie du Québec
    1534-1995

Marie Provost
Des plantes qui guérissent

Jean-Jules Richard
Neuf jours de haine

Mordecai Richler
L'apprentissage
    de Duddy Kravitz

Jean Royer
Introduction
    à la poésie québécoise

Gabriel Sagard
Le grand voyage
    du pays des Hurons

Fernande Saint-Martin
Les fondements topologiques
    de la peinture
Structures de l'espace pictural

Félix-Antoine Savard
Menaud, maître-draveur

Jacques T.
De l'alcoolisme à la paix
    et à la sérénité

Jules-Paul Tardivel
Pour la patrie

Yves Thériault
Antoine et sa montagne
L'appelante
Ashini
Contes pour un homme seul
L'île introuvable
Kesten
Moi, Pierre Huneau
Le vendeur d'étoiles

Lise Tremblay
L'hiver de pluie

Michel Tremblay
Contes pour buveurs attardés
C't'à ton tour, Laura Cadieux
La cité dans l'œuf
La duchesse et le roturier

Pierre Turgeon
Faire sa mort comme
    faire l'amour
La première personne
Un, deux, trois

Pierre Vadeboncoeur
La ligne du risque

Gilles Vigneault
Entre musique et poésie.
    40 ans de chansons

Paul Wyczynski
Émile Nelligan. Biographie